Carl Ekman

Blodet på Hans Händer

Del 1: Familjen är Helig

Förlag: BoD – Books on Demand, Stockholm, Sverige
Tryck: BoD – Books on Demand, Norderstedt, Tyskland

ISBN: 978-91-7969-381-7

Författarens Förord

År 2007 samlades jag och några blivande vänner för att starta ett nytt Airsoftlag. Efter långa diskussioner fram och tillbaka om diverse saker så hade laget som senare skulle få namnet WetOps fötts.

När laget hade några månader på nacken så bestämde vi oss för att utöver den amerikanska inriktningen som vi hade skulle vi även ha en extra som back up om spelet vi skulle åka på inte passade den andra inriktningen. Denna extra inriktningen blev Sydamerikanska legosoldater, baserade på filmen Blood Diamond. En film som faktiskt rullar i bakgrunden samtidigt som jag skriver dessa rader.

På airsoftspel var kanske inte WetOps, varken i sin amerikanska inriktning eller den som legosoldater en vanlig syn eftersom vi främst åkte på storspel och Milsim. Något som däremot var vanligare förekommande var texter om gruppens äventyr i sin egen fiktion. Då de flesta av lagets medlemmar hade en bakgrund inom lajv och rollspel så kändes detta naturligt.

Jag har länge velat testa att ge ut de texterna jag har skrivit i tryck och tyckte nu att det var dags att se om det hela kan bära frukt. Det har varit nervöst, med många olika tankar som har flugit genom huvudet på mig. Speciellt detta med att jag blandar Svenska och Engelska, men eftersom karaktärerna i boken oftast talar just Engelska med varandra så har det från början känts naturligt att dialogerna ska vara på Engelska om karaktärerna pratar Engelska. Vissa kanske tycker detta är svårt att läsa eller rentav förstör texten, men så får det vara. Jag håller tummarna att det inte är det senare. Att detta är en fiktivt verk, och att alla kopplingar till verkliga personer eller organisationer är helt påhittade behöver jag väl knappas nämna.

Detta är del 1 av den Novellsamlingen som fått namnet Blodet På Hans Händer. Där ni i några sammankopplade noveller får följa Adrian "Abe" Svensson, den svenske före detta främlingslegionären som blev Legosoldat i Sydafrika.

Jag vill tacka Carl-Magnus som gestaltar Parnell och Patrik som gestaltar Överste Van De Haas och Archangel (några av de andra karaktärerna ni kommer få möta i texterna), när vi åker på milsim och lajv. Och även min familj och vänner som gett mig sitt stöd i denna processen.

Ett speciellt tack till Emma och Patrik, utan dem hade jag inte kommit till punkten att jag kände att det jag skrev var bra nog att ge ut.

Magdalena, min Fru för att även hon i flera år pushat mig att göra detta.

Och ett mycket stort tack till Anders och Tove Gillbring vars vänliga ord för ungefär 23 år sedan fick den då cirka 15 årige Carl att våga satsa på skrivandet. Och ett extra tack till Erik som gav sig på att hjälpa mig med korrekturläsningen och allt annat du ställde upp med, jag hoppas att terapi räkningen inte blir för hög.

Hoppas ni får mycket nöje under läsningen.

Mvh
Carl Ekman.

Prolog
Bara rekylen

---

1. A mercenary is any person who:

> *(a) Is specially recruited locally or abroad in order to fight in an armed conflict;*

> *(b) Is motivated to take part in the hostilities essentially by the desire for private gain and, in fact, is promised, by or on behalf of a party to the conflict, material compensation substantially in excess of that promised or paid to combatants of similar rank and functions in the armed forces of that party;*

> *(c) Is neither a national of a party to the conflict nor a resident of territory controlled by a party to the conflict;*

> *(d) Is not a member of the armed forces of a party to the conflict; and*

> *(e) Has not been sent by a State which is not a party to the conflict on official duty as a member of its armed forces.*

16 Juli 2007, Colombia

Abe rycks ur sina tankar av att någon klappar honom på axeln, när han vänder på huvudet ser han Parnells stora leende ansikte.

"Three minutes", Säger Parnell med sin släpiga Texas dialekt och förstärker budskapet genom att vissa tre fingrar. Abe nickar till svar och återgår sedan till att titta på landskapet i några sekunder innan han en sista gång går igenom sin utrustning. Skogen byts mot vatten och helikoptern sjunker ner till några meter ovanför vattenytan. Piloten var bra, lite våghalsig men bra.

Några minuter senare saktar helikoptern in och går in för landning. Den landar på en liten strand på ena sidan av sjön som de flugit över, Abe och Parnell hoppar ut och helikoptern lyfter och far iväg. Den flyger så lågt att landningsställen nästan nuddar vattenytan.

"Where does the Colonel find these guys?" Frågar Parnell och skrockar. "That guy is crazier than Xavier..."

Abe följer helikoptern med blicken medans den försvinner bort. Han ler och skrockar åt Parnells kommentar och sedan vänder han och tittar i riktningen som de ska gå.

"Okay, better get going. It's a long walk..." Säger Abe och
tittar sig runt. En ny djungel, ett nytt uppdrag.

"Business as usual". Säger Abe tyst för sig själv samtidigt
som han slänger upp väskan som Matilda, hans Barrett
.50 ligger i på ryggen.

De två männen börjar röra sig genom den täta djungeln
mot sitt mål. De hade långt att gå, och de färdas sträckan
under tystnad, två spöken som rör sig genom djungeln.

---

18 Juli 2007, Colombia

Abe rättar till stocken på Matilda mot sin axel för vad
som kändes som hundrade gången idag. Han var varm,
svettig och hans kläder hade börjat bli stela av
kombinationen av smuts och svett och dessutom höll de
jävla myggen på att driva honom till vansinne. De hade
väntat i tre dagar på att deras andra mål skulle komma.
Det första målet, en lokal knarkbaron vid namn Charlos
Santanos hade anlänt till den lilla byn som låg i dalen
nedanför dem för två dagar sedan. Santanos män hade
tagit över hela byn.

Abe flyttar Matilda och tittar genom siktet mot den öppna
platsen till väster om byn där marken fortfarande täcktes

14

av det brända gräset som var resultatet av den uppvisningen som Santanos män hade arrangerat för att resten av invånarna skulle hålla sig lugna. Abe, och Parnell var legosoldater. De hade gjort saker som de inte var stolta över, men att döda oskyldiga kvinnor och barn för att statuera ett exempel var att gå för långt. Abe torkar svetten från pannan med sin hand. Myggen verkade bli värre för varje minut, och hur många gånger Abe än sjöng blinka lilla stjärna tyst för sig själv så kunde han inte riktigt låta bli att vara irriterad på dem.

"So what are you going to do when we get back?" Frågar Parnell. Båda männen var trötta efter att ha spenderat de senaste dagarna liggande på den fuktiga leriga marken under någon form av buske, ingen av dem visste vad det var för något, men det höll dem dolda vilket var det viktiga. Det var iallafall inte hårt, vilket ju alltid var något och ibland fick man vara nöjd med det lilla. Abe tittar på Parnell i ögonvrån.

"What?" Säger Parnell med ett leende.

"I'm going to propose." Svarar Abe med ett litet leende.

"To Ayanna?!" Parnell lägger sig på sidan och stirrar på Abe.

15

"Yeah... She is the only girlfriend I have so." Svarar Abe och skrattar tyst.

"Does the Colonel know?" Parnell lägger sig till rätta igen och tittar genom sin kikare igen i några sekunder. "Does her mother know?"

Abe skrattar tyst igen.

"No on both accounts, not yet."

Parnell skrattar tyst för sig själv och återgår till att titta genom kikaren. "There are cars coming up the road. Two, no three of them." Säger han. "This might be it."

Abe flyttar Matilda så han kan se bilarna när de kör in i byn. De stannar framför vad som innan hade varit ett värdshus. Nu använde Santanos det som bostad. Direkt bilarna har slutat rulla så hoppar flertalet män ut och ställer upp runt bilarna.

"This has to be him, those aren't guerillas. Those are pros..." Abe flyttar siktets korshår från den ena personen till den andra. Vältränade och välutrustade. Det här var verkligen inga bonnläppar med rostiga automatkarbiner.

"Second car. That is Oriega." Säger Parnell tyst.

Abe flyttar siktet till mannen som precis klev ut ur baksätet på bilen i mitten av konvojen. Mannen är klädd i en fin och troligtvis dyr kostym, solglasögon av senaste snitt och håret kammat bakåt. Han stod i stark kontrast till Santanos, som i jämförelse såg ut som en bonde som hade borstat av sig det värsta inför ett möte.

"Yepp, that is him."

"I know that this was supposed to be surgical and all, but that bastard deserves to feel pain." Säger Parnell tyst.

Parnell behöver inte säga mer. Abe visste vad han syftade på. När han blundar kan han fortfarande se händelsen;

Santanos män skrek och gestikulerade vilt medans de samlade ihop kvinnor och barn. Flera män försöker stoppa det som händer, men blir slagna med AK-kolvar, eller sparkade. Vissa blev till och med skjutna. Abe och Parnell ligger på sin utsiktsplats och ser det hela hända, utan att kunna göra något åt saken. Om de agerade skulle deras uppdrag misslyckas.

"Those fucking assholes!" fräser Parnell tyst. Han ville titta bort med något fick honom att fortsätta studera det som händer i byn nedanför.

17

Abe fnyser till han med men säger inget.

Santanos män marscherar de uppsamlade kvinnorna och barnen genom byn och ut mot den öppna platsen till väster om byn. Santanos följer gruppen på lite avstånd tillsammans med tre vakter. Processionen rör sig sakta, men till slut kommer de fram till det öppna området. Vilt gestikulerande och skrikande radar de beväpnade männen upp dem som de hade samlat ihop på ett led. Kvinnorna och barnen gråter förtvivlat. Abe och Parnell kan inte höra det så mycket som de ser det genom sin kikare och Matildas sikte. Abe flyttar siktet så han kan se Santanos som står där grusvägen övergår till gräset som utgör den öppna platsen.

Santanos vinkar med handen, och hans män börjar skjuta. De slutar inte när alla offren ligger döda på marken, flera av dem går närmare av avfyrar flera skott in i de livlösa kropparna. Abe studerar Santanos genom Matildas sikte, hela hans hållning utstrålar en obryddhet som får Abe att rysa. Mannen beordrade precis mordet på nära 20 människor, och det verkade inte betyda mer för honom än att slå ihjäl en fluga. Santnos börjar gå tillbaka till byn när de sista skottet avlossas.

"Fucking monster! I hope your soul burns in hell!" Säger Abe tyst för sig själv, han måste kämpa hårt för att inte trycka av.

Han flyttar siktet tillbaka till platsen där offren låg, några av Santanos män hade samlat ihop en grupp manliga bybor som nu jobbade med att samla ihop de döda kropparna och lägger dem i en hög. Flera av dem gråter synbart. Troligtvis var det kropparna av familjemedlemmar som de nu samlade ihop. När de är klara så knuffar några av Santanos män dem tillbaka mot byn. Andra häller bensin över kropparna och tänder på. Doften av bränt kött fyller snart dalen från botten till toppen.

Abe vilar Matilda på stocken och kryper sakta bakåt mot sin väska. Han öppnar den och tar fram ett magasin med en röd markering och återvänder.

Parnell sneglar på honom när han kommer tillbaka. När han ser markeringen, som betyder att magasinet är laddat med kulor med en explosiv kärna, ler han.

"I like the way you are thinking." Säger han och återgår till att titta på byn genom sin kikare.

Abe byter magasin i Matilda och lägger sedan tillbaka stocken mot sin axel. Han tittar genom siktet. Santanos och Oriega står fortfarande kvar utanför det gamla värdshuset.

"Range me." Säger han och börjar andas lugnt och djupt.

"980 meters to the front door. It has not moved since yesterday", Säger Parnell. "I would say three klicks left on the wind".

"Well, you never know... Houses are sneaky sometimes..." Abe ler.

Abe höjer handen till siktet och klickar vredet tre steg. Sedan tar han ett djupt andetag och blundar. När han öppnar ögonen är allt mycket klarare, han ser allt mycket tydligare. Varje rörelse, varje skillnad i texturen, allt. Han tar ett sista djupt andetag, håller det inne och sätter hårkorset på plats på Oriegas bröst.

Han trycker försiktigt, låter avtryckaren komma till punkten där han vet att en hårfin rörelse räcker för att skottet ska gå av, han blåser försiktigt ut en del av luften och rör sitt avtryckarfinger det lilla som behövs.

Det dova ljudet av skottet ekar i dalen, trots ljuddämparen och han känner hur rekylen går igenom kroppen och flyttar honom några centimeter bakåt på den fuktiga marken. Han ser kulan röra sig mot målet och ser när den slår in i bröstet på Oriega som trycks bakåt av kraften från kulan.

Sedan brakar hela helvetet löst. Både Santanos män och Oriegas män börjar skjuta mot alla tänkbara riktningar där skottet kan ha kommit ifrån.

Några av Santanos män rör sig mot honom, men Abe är steget snabbare. Han trycker av och följer kulan med blicken mot sitt mål. Santanos rycker till när kulan slår in i hans kropp strax under bröstkorgen och vinkeln gör att den går igenom kroppen tills den träffar höftbenet. Vilket får kulan att detonera. Explosionen sliter sönder Santanos kropp och delarna kastas ut från platsen. Flera av rutorna i byggnaden bakom träffas av fragment från kulan och bitar av ben, och flera av Santanos män faller till marken skrikande när även de blir träffade av fragmenten. Abe andas ut och ler, bredvid honom hör han hur Parnell skrattar elakt. Det hela var ett passande straff för den man som hade beordrat mordet på oskyldiga människor.

Kulorna börjar vina runt huvudena på Abe och Parnell. Flisor av trä och sten flyger runt dem, några kulor träffar i marken framför deras position och slänger upp jord och lera i deras ansikten. Båda männen trycker sig närmare marken och täcker instinktiv över sina huvuden, medans kulor, träflis, sten och jord flyger runt dem.

"They do not know where we are but they sure are getting close..." Säger Parnell med ett leende.

"Yeah. Let's get out of here." Svarar Abe.

De båda börjar packa ihop sina grejer och drar sig därifrån. De rör sig genom djungeln så snabbt som de vågar men varken Santanos eller Oriegas män verkar särskilt villiga att följa efter dem, så de tar sig tillbaka till upphämtningsplatsen utan några större problem.

En stund senare har de kommit fram till gläntan som de ska hämtas upp från. De båda männen sjunker ner och lutar sig tillbaka mot några träd. Ingen av dem slappnar av nämnvärt utifall att det skulle vara så att Santanos eller Oriegas män hade ändrat sig och börjar spåra dem. De väntar på helikoptern, som borde anlända vilken minut som helst. Abe tittar åt sidan och ser att Parnell granskar på honom med ett stort leende.

"What?" Frågar Abe.

"You are going to propose to the Colonel's daughter!" Svarar Parnell.

"Yes?" Abe tittar frågande på Parnell. "I love her."

"You are a brave man my friend, very brave!" Parnells leende blir bredare.

De två männen fortsätter väntandet i tystnad i flera minuter. Det hade börjat regna, men var fortfarande varmt. De njuter av regnet som träffar dem och hjälper till att mjuka upp deras kläder.

"What's the first thing you feel when you shoot your target?" Säger Parnell till slut.

"The Recoil..." Abe skrattar. "Will you ever get tired of that joke?"

"No." Parnell skrattar ännu mer.

Kapitel 1

Ett ovälkommet förslag

9 September 2009, Accra, Ghana.

Tre Land Rovers åker med så hög hastighet deras chaufför vågar längst de gropiga vägarna i utkanterna av Accra, Ghanas huvudstad. Deras mål är ett hus i ett av de finare områdena i staden. I passagerarsätet i den mittersta bilen sitter Abe och tittar på allt och alla. Luftkonditioneringen jobbar för högvarv för att hålla temperaturen i bilen på en behaglig nivå, men alla i bilen hade nog druckit några liter vatten under de 45 minuterna de hade färdats hitintills.

"Car Two, Car Three, right turn in 100 meters." Kommer Parnells röst över radion från den främre bilen. "I'm breaking, I'm breaking. Turning right!"

De tre bilarna saktar in och efter att alla klarat svängen drar de ytterligare på farten.

"These damn roads are killing my back!", säger mannen som sitter i baksätet på bilen i mitten av kolonnen.

"Yes, Colonel, I agree. I'm just glad I still have my lunch." Svarar Abe med ett leende från framsätet på bilen och kollar för tredje gången sedan de åkte från flygbasen, att det fanns en patron i loppet på hans glock.

"Abe, can you answer a question? Why do all the wannabe rich people on this continent have a big fountain roundabout in front of their houses?", frågar Översten igen medans han tittar ut genom fönstret på alla de fina villorna de åker förbi. Han tar upp flaskan med vatten han har bredvid sig och tar en ordentlig klunk.

Abe skrattar högt: "I haven't got a clue, Colonel. Why do you have a big fountain roundabout in front of your house??", säger han och tittar leende över axeln mot Översten..

"Ahhh, well. But I am rich." Svarar översten med ett leende.

Abe skakar skrattande på huvudet och vänder tillbaka uppmärksamheten framåt.

"Car Two, Car Three. Destination in two minutes. Get ready!" Parnells röst kommer över Radion igen.

"Okay, time to put your game faces on gentlemen!" Svarar Abe över radion. "Car One continue halfway past the font door and stop. Parnell, you're on me, Cribbs take up position on your car. Car Three stop parallel to Car One on the other side of the roundabout. Dima on me, Pienaar take position on your car." Abe stoppar Glocken i en av magasin fickorna på sin väst och plockar upp sin Sig 552, gör en statuskontroll och skakar lite på huvudet.

"Car Two, Car Three. Destination in 100 meters. Looks like there is Two guards by the front gate." Parnells röst kommer över radion igen.

"Cribbs, Pienaar. Keep an eye in them. If they sneeze, shoot them." Säger Abe i radions mikrofon som han har fast i kragen.

"I'm breaking, I'm breaking! Making the turn!" Säger Parnell sekunden efter Abe slutar sända.

De tre bilarna svänger, passerar grindarna, de två beväpnade vakterna vid den och kör upp längst den smala vägen upp mot huset.

"Technical with eight men on the right!" Säger Cribbs.

Abes huvud vrids automatiskt åt höger och kollar in bilen, en Toyota Hilux från 90-talet med en tung kulspruta monterad på en lavett på flaket och de åtta tungt beväpnade männen runt den.

"For a simple meet and greet, this is a lot of firepower..."
säger Översten.

"Yepp. I would say someone has trust issues..." Säger Abe
och släpper Toyotan med blicken.

"Car Two, Car Three, we are closing in on the house. I see
four armed guards by the stairs and one technical by the
fountain." Säger Parnell över radion. "There be lots of
boomsticks..." Parnells Texas dialekt blir bredare när han
är spänd, och nu är den tjockare än Londons dimma en
höstdag.

"Fucking wonderful..." säger Abe tyst för sig själv. "Okay!
Time to wake up!" Abe pausar och kollar i backspegel, på
översten. "Stay in the car, Colonel. Chris, if I slam the
roof, you go. Do not wait for anyone and do not stop for
anything!" Abe tar upp radion igen "Car Three, change of
plans. I want you between us and that Technical. Mkhize,
load the 69. If Car Two drives off with the Colonel still
inside, destroy that Technical and then you stick on Car
Two like hot glue!" Säger Abe och tittar i backspegel. "No,
Colonel. This is not up for debate."

"As it should be, Abe. I trust your judgment." Svarar
Översten.

Konvojen stannar utanför entrén. Abe blundar och tar ett djupt andetag innan han talar in i micken han har på kragen, samtidigt som han öppnar bildörren och kliver ut:

"Stepping out!" Värmen slår emot honom efter den relativt kyliga miljön i bilen. Han tittar sig runt. Huset är stort, med träd och buskar överallt runt omkring. Det här var inte någon medelklass lya. Det var troligtvis någon herrgård från kolonialtiden.

Nästan samtidigt kliver Parnell, Dima, Cribbs och Pienaar ut ur bilarna. De kollar runt, granskande varenda person, buske, fönster och annan plats där någon som kunde utgöra ett hot skulle kunna gömma sig. Vakterna vid entren tittar på dem, men gör inget. Abe ger sig själv några hundradels sekund av "Vad i helvete?!" tankar när han lägger märke till att utöver de fyra vid entrén och bilen vid fontänen så står det ytterligare en technical vid hörnet av huset med en mindre grupp män runt dem, de flesta av dem vita i civila kläder... Parnell nickar efter att ha fått Ok från Dima, Abe rör sig i sidled medan blicken hela tiden sveper området.

"Huddle up!" säger Abe in i micken samtidigt som han lägger handen på dörrhandtaget. När Dima och Parnell är i position öppnar han dörren, och Översten kliver ut.

31

Överste sträcker på sig och synar sin omgivning med vana ögon även han. Abe går bakom översten med Parnell och Dima framför när gruppen går upp för trapporna och genom de stora dubbeldörrarna in i byggnaden. När de kommer innanför dörren, möts de av en betjänt klädd i fina kläder med händerna hårt knutna framför magen som nervöst står och väntar på dem.

"Gentlemen, if you would be so kind as to follow me." Säger han och vänder hastigt utan att vänta på svar och börjar lika hastigt som han vände gå ner för korridoren i riktning mot andra änden av huset. Gruppen följer efter, de går genom breda raka korridorer brydda med växter och tavlor, byster och andra konstverk efter två minuter kommer de till en stängd dubbeldörr med två vakter utanför. En av vakterna, klädd i civila kläder, kliver fram och visar med handen att de skall stanna. Han säger något på vad som låter som Shono och betjänten skyndar sig därifrån.

"Only one can follow. Rest can stay outside. No gun!" Säger han på bruten engelska.

"Abe, you come with me. Dima, Parnell find something to entertain yourselves with while you wait." Säger översten med ett leende som säger att han är mindre nöjd med detta riktat mot vakten.

Abe nickar och slingar av 552:an och ger den till Parnell, han tar pistolen ur fickan på västen och sätter den i hölstret på höften och sedan tar han av sig västen och lämnar även den till Parnell. När han är klar tittar han på översten och nickar med ett cyniskt småleende. Översten börjar röra sig mot dörren, men vakten i civila kläder stoppar honom genom att lägga handen på hans bröst.

"No gun!" säger han och nickar mot Abes pistol.

"That is a pistol." Säger översten och lutar sig fram och gör ett tecken med fingret att vakten skall komma närmare, när han lutar sig in viskar översten. "He is keeping it. And don't touch me, keffer!"

Vakten ryggar tillbaka och flyttar på sig samtidigt som han nickar åt den andra vakten som hastigt knackar på dörren och sedan öppnar den så att Översten och Abe kan gå in. Dörren stängs med en smäll efter att Abe ha klivit in. Översten och Abe utbyter en road blick med varandra.

Rummet de kommer in i visar sig vara en stor sal, som antagligen används som matsal eller någonting liknande, i ena hörnet finns en stor eldstad i sten, och framför denna står en mindre grupp fåtöljer. I mitten av rummet står ett stort matbord med ett antal stolar runt om. En grupp fåtöljer liknande den vid eldstaden står i det bortersta hörnet. Rummet är prytt med lokal växtlighet och ett antal tavlor föreställande främst olika jaktscener och ett och annat porträtt, antagligen någon av husets tidigare ägare.

Vid den bortersta gruppen av fåtöljer står en man lutandes mot väggen på det där nonchalanta sättet, som skriker livvakt. Översten tittar på Abe med ett leende och höjer frågande på ögonbrynet, Abe skrattar tyst för sig själv. Dörrarna öppnas och stängs bakom dem och en annan betjänt kommer fram till dem.

"Would you like something to drink, gentlemen?" Frågar han på nästan perfekt engelska.

Abe är på väg att säga nej när Översten avbryter honom:

"A whiskey on the rocks for me and a whiskey sour for my friend here." Säger han med ett menande leende. Betjänten vänder på hällarna och försvinner i väg.

I en av fåtöljerna vid eldstaden sitter en annan man iklädd en kostym av det finare snittet och bläddrar igenom vad som ser ut och vara senaste numret av Soldier of Fortune Magazine, när han ser de nyanlända lägger han ner tidningen och reser sig.

34

"Ahh Colonel, welcome. My name is Osborne. I am one of Mr Carruthers barristers. And I also represent his partners in this endeavour." Säger han med en kraftig engelsk accent och sträcker fram handen mot översten. Han tittar på Abe och ger hans pistol en ogillande blick som han förmedlar till livvakten.

"Colonel. If you would be so kind as to take a seat over here." Han pekar mot gruppen vid eldstaden. "Your friend can sit over there." Han nickar mot gruppen av fåtöljer som livvakten står vid.

Översten tar handen och skakar den kraftigt, sedan tittar han på livvakten vid den andra gruppen fåtöljer och sedan för han blicken tillbaka till Osborne.

"Thank you Mr Osborne. But my friend will be joining us for this meeting. So he will sit with us. And tell the clown in the corner to relax before he rips that fake Armani of his."

Osborne ler och är på väg att säga någonting när betjänten kommer tillbaka med drinkarna, han lämnar över dem till Översten och Abe och vänder sig sedan mot Osborne.

"Would you like a refill, Mr Osborne?" Frågar han Osborne med ett leende.

"Yes, please!" Svarar Osborne och döljer med ett irriterat skevt leende vad han tyckte om avbrottet. "This way gentlemen. Take a seat where ever you want." Han visar vägen mot fåtöljerna han satt vid med handen samtidigt som han börjar gå.

Översten och Abe följer efter. Osborne sätter sig i fåtöljen han reste sig ur, och ger Abe en snabb ogillande blick när han sätter sig i fåtöljen bredvid och Översten tar plats i fåtöljen närmast eldstaden.

"Now, can you please explain why I am here?" Säger Översten och smuttar på sitt glas.

"I don't like repeating myself, Colonel. We are waiting for one more guest. When he gets here, then I will explain everything." Osborne smuttar på sin drink. Det är tydligt att han njuter av att ha kontrollen över situationen.

Översten är på väg att säga någonting om vad han tycker om att vänta, när det knackar på dörren och två män visas in av vakterna. Betjänten är lika snabbt framme denna gången. Osborne reser sig och går emot dem när betjänten avlägsnats sig.

"Ahh Colonel Van De Haas. Welcome. I hope the trip here wasn't too eventful?" Säger Osborne med ett lismande leende samtidigt som han tar Van De Haas hand.

"The trip was as they usually are. Warm and sandy!" Säger Van De Haas och tar drinken som betjänten kommer med.

"Good, good. If you would sit down over there with the others." Osborne pekar mot gruppen där Översten och Abe sitter. "And your guard can sit over there!" Han pekar på gruppen av fåtöljer framför livvakten. Han har mycket mer kraft och pondus i rösten nu, det är tydligt att han inte är nöjd med att Abe ska vara med på mötet, och att han inte tänker låta Van De Haas vakt också vara det.

De båda männen går mot gruppen, och både Abe och Översten reser sig upp för att hälsa.

"Colonel!" Säger Van De Haas leende och sträcker handen mot Översten. "How is life treating you?"

"As usual. One survives, yes? And you?" Svarar Översten och tar Van De Haas hand.

"Yes. It's business as usual. A war here, a war there. It never stops." Svarar Van De Haas med ett brett leende. "Abe, how is the family?" han sträcker fram handen även mot Abe.

"It's fine, and growing." Svarar Abe med ett leende och tar handen.

När alla har hälsat sätter de sig ner runt bordet. De två överstarna bredvid varandra och Abe mellan Överstarna och Osborne. De tre pratar ett tag om läget i Afrika och hur saker och ting håller på att utvecklas.

"Abe, this is Cribbs. They are trying to force us to leave!" säger han över radion.

"Cribbs, this is Parnell. Abe is with the Colonel on the meet. What's happening?" Svarar Parnell i Abes ställe.

"The boss, captain, head honcho or whatever he wants to call himself, wants us to leave. And he is not asking nicely." Cribbs röst är lugn, men Parnell kan känna att stämningen i huset har ändrats.

"Okay, go. We don't want them to start shooting. Go back to the airbase and wait. I have a feeling we will be leaving in the screw." Säger Parnell, han tittar på Dima som höjer ögonbrynen. Saker och ting utvecklades inte i en riktning som riktigt stämde med att detta bara skulle vara ett vanligt möte. Dima går bort till dörren till rummet och tittar försiktigt ut i korridoren. Sedan stänger och låser han den. Parnell nickar.

Abe fortsätter att smutta på sin drink. Han kollar in de andra, de har uppmärksamheten riktat på annat, så han tar försiktigt fram sin mobil och skickar en fyrsiffrig kod till Parnell och Översten.

Överstens mobil börjar pipa några sekunder senare. "What the fuck? What she want now!?" Säger han och fiskar fram mobilen ur fickan, han fäller upp locket och läser på skärmen. "That damn woman!" Säger han och slår igen mobilen. "Sorry about that, gentlemen, The mistress..." Säger Översten och himlar med ögonen.

De båda andra männen nickar förstående och sedan så
fortsätter de sitt lilla minimöte.

"Mr Osborne. I'm a busy man. What is this about?" Säger
Van De Haas och tar en klunk av sin drink.

"Yes. Of course, of course. I'm sorry. It's always so
interesting to hear new insights on the state of this
continent. My employer wants you to plan and execute an
operation. You will be well compensated and have access
to the best equipment, as well as all the assets we
control." Säger han och tar fram en mapp fylld med
papper ur en attacheväska han har haft stående vid
fötterna.

"What type of operation?" frågar Översten och sätter ner
sitt glas på bordet, nu var det affärer och alkohol har
ingen plats i sådana.

"We want you to plan a cup. To replace one government
with another. One that is more sympathetic to our
wishes." säger Osborne och lägger mappen på bordet.

"Which country?" frågar Van De Haas

Översten sträcker sig fram och tar mappen från bordet,
han hinner precis öppna den när Osborne svarar.

"Equatorial Guinea". svarar han. På tonen så skulle han lika väl kunna tala om vädret. "The last group we hired... Well, lets just say that they turned out to be no less than worthless. This time we want it done, and we want it done right. That's why we came to the two of you, since you are supposed to be the best..."

Båda översterna tittar upp samtidigt och spänner ögonen i Osborne, klimatet i rummet ändras så drastiskt att Osbornes livvakt ändrar sin hållning från andra sidan rummet. Översten tittar på Abe och nickar lätt nästan omärkligt, och sedan tittar han på Van De Haas som vrider på huvudet och tittar på mannen han hade med sig. Översten lägger ner mappen han höll i handen och tar upp sitt glass, affärerna är nu avslutade.

"I knew most of the men you left for dead that time. Many of them served under me in the 32'nd battalion. They were good men." Säger Översten

---

Parnell och Dima sitter i ett par sköna stolar i rummet de stängt in sig i lite längre ner i korridoren i bit från

41

rummet där mötet hålls. De hör när konvojerna åker och Dima reser sig och går mot ett av fönstrena, där han försiktigt knuffar undan gardinen.

"Why did he want our convoj to get out of here?" Säger han och tittar på Parnell.

"I have no..." Parnell tystnar när hans mobil börjar vibrera, han tar upp den och läser meddelande. Han höjer på ögonbrynet. "5689" Säger han och tittar på Dima.

Båda två tar fram ljuddämpare och skruvar fast dem på sina vapen. Parnell plockar fram ljuddämparen ur dess ficka på Abes väst och skruvar fast den på hans 552:a. Dima knuffar försiktigt undan gardinerna igen när han hör vad som låter som lastbilar stanna utanför.

"Ohh shit... they just got back up!" Säger han och släpper gardinen.

"This just gets better and better!" Svarar Parnell och ställer sig upp. "I hate being right!"
Han sätter på sig Abes rigg som en ryggsäck och kollar sedan så han har en kula i loppet både på sin M4a och i sin M9a, sedan andas han ut. Dima gör samma sak, på

42

nästan samma sätt. Vilket får de båda männan att tyst skratta till.

Osborne tittar på Översten och sedan på Van De Haas. Hans blick landar en kort stund på mappen som Översten lade ner på bordet med en duns. Sedan tittar han på Abe. Hans tidigare så lugna ansikte ändras till en arg min, den typen som folk som inte är vana vid att få ett nej alltid får när de blir nekade.

"Gentlemen. I don't think you understand your situation. My employer won't take no for an answer, they want this done and they want YOU to do IT!" Ryter Osborne till och reser sig upp. Han livvakt i hörnet ställer sig upp helt och knäpper upp sin kavaj.

"Abe..." Säger översten och smuttar på sin drink.

Utan att synligt reagera drar Abe karambit kniven han har i fickan och skär Osborne över låret samtidigt som han ställer sig upp och kör handen över munnen på honom för att förhindra honom från att skrika, och trycker sedan ner honom i stolen igen. Hans livvakt börjar reagera men hinner inte ens dra sin pistol innan Van De Haas livvakt har tryckt sin pistol i käften på honom och kört honom hårt in i väggen.

"Sandstorm!" Säger Abe in i sin radio.

Parnell kliver ut ur rummet med Dima bakom sig, de rör sig snabbt men försiktigt längst väggarna mot rummet där mötet hålls. Parnell faller ner på knä bakom en byrå och tar sikte på en av de två männen som står utanför rummet.

"I'll take the one on the right." säger han tyst och ser i ögonvrån hur Dima tar sikte på den andra.

"Sandstorm!" Kommer Abes röst över radion.

Några sekunder senare hörs två dunsar utifrån korridoren och ytterligare några sekunder senare kommer Parnell in genom dörren följd av Dima som släpar på kropparna av vakterna som stått utanför.

"Colonel Van De Haas, how nice to meet you again." Säger Parnell. "They forced your men to leave at the same time as ours. And a new group of men arrived a few minutes ago. I think we just go screwed both ways."

"Parnell" nickar Van De Haas till hälsning. "So... We are in the shit again." Han tittar på Översten. "What now?"

"Son, didn't anything I taught you stick?" Säger Översten med ett leende. "Don't ever walk into a situation that you don't have a plan for walking out of. Parnell, do you have the sat phone?"

Parnell tar upp telefonen från en ficka och kastar den till Översten
Översten tar emot telefonen, och slår ett nummer. Han håller telefonen till örat och nynnar lite för sig själv medans han väntar på att någon ska svara.

"Hello. Yes, it's me. Yes, sir. As you suspected. Yes, sir, no, sir. No, of course, we can handle it. But, sir, it's going to be messy... Oh, I see, sir." Översten pratar ytterligare någon sekund, och lägger sedan på.

"Abe, call the dakadak!" Säger han och kastar telefonen till Abe.

Abe fångar telefonen, slår ett nummer och höjer den till örat. "Rules of Engagement?"

"None!" Svarar Översten med ett leende. Abe höjer frågande på ögonbrynet, vilken Översten besvarar med att rycka på axlarna.

"Anymore technicals?" Frågar Abe medans han väntar på svar.

"No, no new ones. But the one that was by the gate drove up when they forced the convoys away." Säger Dima och tar över vaktandet av Osborne, från Abe.

"Kilo Foxtrot, this is Alpha Sierra. Fire Mission. My position. All targets are hostile, I repeat, all targets are hostile. No friendlies outside of the main building." Säger han när någon svarar. Han lägger på och tittar på de andra. "Nine minutes!"

Parnell lämnar över Abes 552:a och rigg och när han kittat upp gör de sig redo.

"This room is too exposed, too many windows. We need to move. Bring him. " Säger Översten och nickar mot Osborne. "He is just dead weight", säger han och tittar på livvakten. "Mr Osborne won't be needing him anymore!"

Van De Haas ler och drar sedan sin pistol och är på väg att trycka av när Parnell hostar till. Van De Haas tittar på honom och fångar den ljuddämpade pistolen som Parnell slänger till honom. Han ler och skjuter sedan livvakten mellan ögonen varpå han slänger tillbaka pistolen till Parnell. Abe, Parnell och Dima tar posto vid dörren och på en signal från Abe så öppnar Dima dörren och kliver ut med Parnell bakom sig. Abe låter resten gå ut innan han följer dem och stänger dörren bakom sig. Dima leder dem längs korridoren, de hör hur folk ropar på varandra och hur någon rör sig på våningen ovanför, men korridoren är helt öde förutom dem. Dima stannar vid en dörr, och nickar menande mot den. Parnell öppnar den försiktigt och kliver in. Sekunder senare sträcker han ut armen och visar med en uppsträckt tumme att rummet är tomt. De andra kliver in. Det är ett rum utan fönster, mycket mindre än rummet de varit i innan. Detta hade nog varit något slags förråd, men nu var det helt tomt. Nästan samtidigt som alla kommit hörs ljudet av den första explosionen när helikoptern påbörjar sin attack. Byggnaden skakar av explosioner och de hör hur kulor slår in i väggarna och folk som skriker i panik. Fem minuter senare kommer pilotens röst över radion:

"Alpha Sierra. Area secured. I'm coming to land."

Gruppen börjar röra sig igen. När de kommer ut ur huset så möts de av en kaotisk scen. Alla bilarna som hade stått utanför är nu brinnande eller rykande vrak och överallt ligger det döda kroppar. De fortsätter röra sig och mindre än en minut senare är alla ombord på helikoptern igen som lyfter och börjar flyga tillbaka till flygbasen de kom ifrån. Redan under inflygningen ser de hur en stor grupp med fordon, både militära och vad som ser ut som civila polisbilar, väntar vid landningsbanan. Helikoptern landar och passagerarna hoppar ut. Abe, Parnell, Dima och Översten för Osborne till den väntande gruppen människor. En man i Ghanas militära uniform kommer mot dem. Överste Van De Haas tittar frågande på översten, som besvarar hans frågande blick med ett vetande leende.

"I can not thank you enough for your help with this... Situation, Colonel. I understand he had a very unwelcome proposition." Säger den uniformerade mannen och sträcker fram handen till översten.

"Minister Akwazi, as always I am just glad to help." Säger översten med ett leende.

"I hope you didn't loose any men in this little operation?" Säger Akwazi och ger Översten en frågande blick som sa att han inte egentligen brydde sig om svaret, det var bara den trevliga saken att säga.

"No. No men lost." Svarar Översten och besvarar Akwazis leende.

"You knew? How?" Stammar Osborne fram. "How could you?"

"You don't survive long in this business without being able to smell a trap. And this whole setup reeked like a cow barn." Svarar översten.

Kapitel 2

Samma Blod

14 Augusti 2010, Dhaka, Bangladesh.

Abe smyger längst korridoren i det gamla förfallna huset i utkanten av Dhaka. Ljudet av sporadisk skottlossning hörs från andra delar av huset, den dova smällen från AK47or, och den mjuka snärten från de ljuddämpade vapen som medlemmarna av WOs grupper hade. Abe stannar, Parnell och Johnny som går bakom honom stannar också.

Abe tyckte att han hade hört något, och han vrider huvudet fram och tillbaka för att försöka lokalisera var ljudet kommer ifrån. Från dörröppningen längre fram i korridoren kommer pipan på en AK47 ut följt av mannen som bär den. Mannen vrider upp mot Abe samtidigt som två kulor från Abes Sig 552 slår in i bröstet på mannen och han faller ihop i en hög på golvet. Abe och de andra börjar röra sig framåt igen. Abe hör snärten när Johnny eller Parnell, troligtvis Johnny sätter en kula i huvudet på mannen för att vara säker på att han inte reser sig igen. Efter en stund kommer de fram till trappan som leder upp till nästa våning.

Tre knäpp hörs över radion när Parnell trycker på PTTn. Några sekunder senare kommer två knäpp till svar.

Abe tar några kliv upp i trappan innan han stannar och tar fram en liten skärm, han snurrar ut kabeln och kollar så kameran funkar innan han sakta för den upp mot nästa våning. På skärmen ser han hur där står tre beväpnade män utanför en dörr ungefär halvvägs mellan trappan och andra änden av korridoren. Sakta för han ner kameran igen och lindar dess kabel runt skärmen innan han stoppar ner den i fickan igen.

Med handsignaler visar han för Parnell och Johnny vad han hade sett på skärmen, de båda männen nickar som svar och de tre börjar röra sig upp för trappan smygande. Trappan slutar i en avsats, och Abe gör sig så liten han kan när han tar det sista steget upp på avsatsen, tyvärr inte liten nog. Och sekunderna senare slår kulorna in i väggen i trappan och på andra sidan den väggen som Abe tar skydd bakom. Johnny sticker upp sitt vapen över kanten på avsatsen och drar iväg några skott längst med korridoren, strax efter slänger Parnell en chockgranat genom öppningen och vidare längst korridoren.

Sekunderna senare briserar granaten och Abe tar ett snabbt kliv ut i öppningen och avfyrar sex snabba skott, bakom honom kommer Parnell och avfyrar fyra skott. De tre männen faller ihop på korridorens golv. Abe och Parnell rör sig snabbt längst korridoren, Johnny stannar kvar i öppningen för att täcka dem.

När Parnell och Abe kommer fram till dörren hör de hur någon ropar inifrån rummet. Båda männen ber en stilla bön att vem det än är som ropar därinne inte kommer börja skjuta genom väggen när ingen svarar. De hinner inte tänka så mycket innan dörren slits upp och en storvuxen man med en sliten AK47 i händerna uppenbarar sig i dörröppningen. Parnell sätter två kulor i mannen och innan han träffar golvet har Abe slängt in en chockgranat i rummet. Båda männen är genom dörren nästan innan granaten har briserat. Inne i rummet finns fyra män, tre av dem beväpnade. Den fjärde sitter på en stol bredvid ett bord i hörnet. De tre beväpnade männen får vars tre kulor i kroppen från Abe och Parnell innan de två riktar sin uppmärksamhet mot mannen i stolen. På bordet mindre än en meter från mannen ligger ett hagelgevär.

"Don't... The job says alive... But accidents happen..." Säger Parnell och börjar gå mot mannen.

Mannen sneglar mellan Abe, Parnell och geväret på bordet. Han sträcker sig hastigt mot geväret men ryggar tillbaka när en kula slår in i bordet mellan honom och geväret.

"As my friend said... Don't." Säger Abe och riktar sitt gevär mot mannen igen.

Med några snabba steg är Parnell framme vid mannen och sliter upp honom ur stolen. Efter att ha slängt ner mannen på mage på golvet och bundit hans händer bakom ryggen med buntband drar Parnell upp en huva ur en ficka och trär den över mannens huvud. Abe kliver fram och tillsammans hjälps de åt att resa mannen till fötter.

Parnell för handen till PTTn till radion.

"Team 2, Goal! I repeat, Team 2 Goal!" Säger han in i mikrofonen som sitter på kragen till hans jacka.

"Roger that!" Svarar Jackson. "
All teams move to extraction point one!"

"Belay that!" Kommer Jamersons röst över radion. "We have multiple hostiles moving on the house. Extraction point One is closed!. Hold what you got!"

"Coming in!" Ropar plötsligt Johnny utifrån korridoren, innan han kliver in genom dörren.

"Team Actual, this is Air One. I'm at checkpoint One. I can swing in and pick you up on the roof. But if they have SAMs it's going to get hairy. " Kommer Xaviers röst över radion.

Parnell tittar frågande på Abe och Johnny. Det här höll på att utveckla sig till en blodig situation. Blodigare än planerat. Deras tankar avbryts när kraftig skottlossning bryter ut några våningar under dem.

"All teams... We have hostiles... On the first floor... We need to move back!" Dimas röst kommer över radion mellan ljudet av kraftig eldgivning.

"All teams, move to the upper floor. Parnell secure the package. Abe, Johnny secure the west stairwell."

"Roger!" Svarar Abe i sin radio. Han nickar mot Parnell innan han och Johnny lämnar rummet och rör sig mot trappan i västra delen av huset.

Parnell trycker mannen bryskt ut genom dörren, och bort mot trappan som de kom upp för. Han trycker mannen hårt in i väggen och ställer sig sedan med axeln tryckt mellan mannens skuldror medans han håller koll uppåt och nedåt i trapphuset. Skottlossning fortsätter att eka i byggnaden.

Efter några minuter kommer Jackson och resten av Team 1 upp för trappan. Parnell lämnar över mannen till Adams och tar sedan plats längst bak i gruppen när de sakta jobbar sig uppåt. När de kommer upp till näst sista våningen så stannar Jackson och vinkar förbi resten. Parnell stannar kvar medans Jackson placerar ut en claymore mina i trappan.

"East stairwell is closed." Säger Jackson in i sin radio. Sedan släpper han ner en handgranat ner för trappan innan han och Parnell fortsätter upp till översta våningen. Bakom sig hör de fortsatt skottlossning från de andra våningarna och strax efter detonerar granaten.

Abe och Johnny står och tittar ner för trappan på byggnadens västra sida. De ser hur en av de andra grupperna kommer upp för trappan på andra sidan korridoren och hur den gruppen sedan fortsätter upp. Skottlossningen ekar fortfarande från delar av byggnaden under dem och den kommer närmare. De hör Jacksons kommentar över radion och strax efter ser de hur damm och rök kommer ur det andra trapphuset när granaten som Jackson slängde ner exploderar.

"We are coming up the west stairwell, we have hostile on our tale. So this will get hot!" Dimas kommer röst över radion. Några sekunder senare kommer han, Cheng och Ross ut i trapphuset två våningar under Abe och Johnny. Ross stannar i dörröppningen där nere och drar i väg en lång salva ner längst den korridoren med sin PKM innan han fortsätter upp för trappan. Strax är de alla samlade tillsammans på avsatsen.

"It's getting hairy, some of the men are wearing police and army uniforms. This guy is connected." Säger Dima och tittar ner längst trappan. Flera våningar ner hör och ser de hur folk kommer in i trapphuset och börjar röra sig uppåt.

"Time to go!"

Gruppen fortsätter upp längst trappan, när Abe kommer upp till nästa avsats så stannar han. Han tar upp en chockhandgranat ur en ficka, drar ut sprinten och släpper ner den längst trappan. Sedan tar han upp en vanlig granat som får göra den första sällskap innan han fortsätter upp längst trappan. Sekunderna senare exploderar chockhandgranaten och strax efter den vanliga granaten. Ljudet av skrikande män fyller trapphuset.

"This is going to get ugly." Säger Parnell när Abe går förbi honom i trapphuset.

"It's already ugly." Säger Abe. Han tittar på Parnell.
"Same blood..."

"Same blood..." Svarar Parnell.

De fortsätter upp för trapporna till den översta våningen. Där möts de av Jackson.

"How does it look?" Säger han och rättar till geväret han har hängande över bröstet.

"Ugly. Some of the men are wearing police and military uniforms." Svarar Dima.

"That's not ugly. That's a fucking shit show. I need to call the Colonel. Watch the stairwell." Jackson försvinner i väg in i ett av rummen med Dima, Johnny och Ross.

Abe, Parnell och Cheng börjar gå mot den västra trappan. När plötsligt tre män, alla klädda i militärens uniform kommer upp för trappan. Så fort den första av dem kommer ut i dörröppningen börjar han skjuta. Abe, Parnell och Cheng slänger sig i det närmaste skyddet, medans kulorna slår in i väggarna runt omkring dem. De första tre männen får snart sällskap av fler män, och inom kort har korridoren fylld med ett hav av kulor.

"Cheng, Bang them!" Säger Parnell till Cheng som ligger bredvid honom bakom en hög med sandsäckar.

Cheng tar en chockhandgranat ur fickan, drar ut sprinten och tar några djupa andetag innan han snabbt reser sig och slänger granaten mot gruppen med män. Parnell har under tiden tagit fram en vanlig granat och gjort den klar att kastas. När chockhandgranaten exploderar reser han sig och slänger granaten in i gruppen med män och slänger sig sedan tillbaka i skydd.

Efter att granaten exploderar reser sig de tre männen upp och skjuter de som fortfarande lever. Sakta rör de sig mot trappan. Ögonen fokuserade på kropparna som ligger på marken och trappan.

Abe sätter två skott i huvudet på en av männen när denne rör sig, bakom honom hör han när Cheng gör samma sak i en annan man. Abe går ut i trapphuset och kollar ner längst trappan, han hinner knappt få undan huvudet innan en mängd kulor slår i taket.

Han tar upp två granater ur fickan, drar sprintarna på båda och slänger dem sedan ner i trappan.

"We need to move!" Säger han till Parnell och Cheng samtidigt som granaterna exploderar längre ner i trappan.

De springer tillbaka längst korridoren mot rummet som Jackson och de andra gick in i. När det kommer fram så möts de av Jackson.

"I talked to the colonel. Xavier will pick us up on the roof. He can fly in from the south, that way he should be able to avoid most of the incoming fire." Jackson rättar till geväret som hänger över hans bröst.

"But it will take him 15 minutes to get here."

"It's going to get close." Säger Parnell.

"Yeah. Good news is that there is only one way up on the roof." Svarar Jackson.

"And the bad?" Frågar Dima som kommer ut ur rummet bakom honom.

"The way up is in the west stairwell." Svarar Jackson och tittar på Dima över axeln.

"Get everyone moving!"

Abe, Parnell och Cheng springer tillbaka till den västra trappan, samtidigt som Jackson och Dima går tillbaka i rummet. Västra trappan är lugn, så när som på ljudet av sårade som kommer från våningarna under dem. Ross kommer springande mot dem längst korridoren, när han kommer fram så lutar han sin PKM mot räcket och väntar tillsammans med de andra på att någon ska komma upp för trappan.

Några minuter senare kommer resten av grupperna och börjar gå upp för trappan, när den sista av dem försvunnit ut på taket så börjar Abe och resten av gå upp för trappen. De har inte kommit många steg innan kulorna börjar flyga i trapphuset. Både från män nedanför dem, och från korridoren. Fienden hade tagit sig förbi Jacksons överraskning på våningen under. Abe och de andra besvarar elden så gott de kan medans de rör sig uppåt.

De fyra kommer ut på taket, med fienden inte många steg bakom sig. Men resten av WO är redo, och de tre fienderna som hann komma ut på taket hinner precis se hur Abe, och de andra slänger sig på marken innan de får en bly fylld resa till de sälla slagfälten i vilken himmel det nu än är de kommer till.

Jackson avslutar blodbadet genom att slänga en granat in genom den öppna dörren, damm och rök flyger ut ur dörröppningen när granaten exploderade.

"That won't stop them for long." Säger Jackson och hjälper Cheng upp på fötter samtidigt som han håller ett öga på trappan.

"Adams, get that jackass behind that wall. Xavier will be here in 10 minutes."

Männen från WO börjar samla ihop bråten som ligger på taket för att bygga skydd, det var inte mycket. Men det fick duga.

De får däremot inte många minuters andrum innan fler män kommer upp för trappan och tar sig vidare ut på taket. Abe och de andra slänger sig i vad för skydd som råkade vara närmast, och besvarar elden så gott de kan.

Striden är hård. Och Abe och de andra blir sakta tryckta bakåt allt eftersom fler och fler män lyckas ta sig ut på taket.

Abe sitter tillsammans med Parnell och Cheng bakom resterna av en betongvägg med kulorna vinnande över deras huvud. På andra sidan ett litet öppet område sitter resten av WO bakom en annan vägg. De hade flera sårade, men ingen död. Vilket var ett smärre mirakel. Abe torkar blodet som rinner ner från såret i pannan ur ögonen. Parnell hjälpte Cheng att dra åt ett avsnörande förband runt hans vänstra ben.

"FUCK it HURTS!" Stönar Cheng...

"Yeah... That's why you don't get shot!" Svarar Parnell och drar åt förbandet en sista gång, vilket framkallar ett hårt stön från Cheng.

Abe lutar sig ut över kanten på väggen och drar en salva mot fienden, sen duckar han snabbt i skydd igen samtidigt som fienden kulor slår ner runt honom. Enda fördelen de hade var att fienden siktade som blinda hönor. Men som det gamla ordspråket sa: "Även den blinda hönan hittar ett korn." Abe känner hur kulan slår i in västen strax under hans högra nyckelben. Det mesta av kulan träffar skyddsplattan i västen men en del missar och går över plattan in i hans axel. Han känner den skarpa smärtan samtidigt som han faller till marken. Kulorna slår ner omkring honom, men smärtan har tillfälligt lamslagit honom.

Han känner hur någon tar tag i honom och drar honom in bakom väggen igen. När hans ögon återigen vill fokusera ser han Parnells leende ansikte ovan för sig. "Don't you dare die, brother. I'm not telling Ayanna if you do!!" Parnell sliter upp ett första förband ur Abes benficka och trycker det mot såret på Abes axel samtidigt som han tar Abes friska hand och trycker den mot förbandet.

"Does anybody have any grenades left?!" Kommer Jacksons röst över radion.

Parnell tittar på Cheng som bara skakar på huvudet. Han tittar på Abe, som också skakar på huvudet.

"No!" Svarar Parnell in i radion.

Parnell släpper Abes hand och tar upp sitt gevär och drar iväg en salva över väggen innan han dukar tillbaka och lägger tillbaka sin hand över Abes.

"I need some help over here!" Skriker han in i radion.

Några sekunder senare dyker Dima ner bredvid Abe, på marken.

"Like I said, ugly!" Säger han samtidigt som han drar en salva över kanten på väggen.

"Xavier needs to get here fast or he will need a lot of body bags!"

Dima kryper bort till Cheng.

"You okay?" Frågar han och tittar på Cheng.

"Yeah. I'll be fine. If we just can get out of here!" Svarar Cheng.

Dima tittar försiktigt upp över kanten på väggen, fienden började komma närmare. Och de var många.

Plötsligt slår en massa kulor ner i gruppen med fiender och flera av dem slits i stycken. Strax efter det kommer en helikopter flygande på låg höjd över taket innan den gör en kraftig gir åt höger innan den gör ett nytt svep med kanonen över taket. Helikoptern gör flera svep över taket. Medans fienderna gör tappra med fruktlösa försök att stoppa dem. Flera av WOs män på taket skjuter salvor mot fienderna medans de är fokuserade på helikoptern. Sakta lyckas man trycka fienden tillbaka till trappan och ner från taket.

En väl placerad raket från helikoptern som slår ner i trappan verkar knäcka fiendens vilja att fortsätta.

Helikoptern går in för landning och de som kan hjälper till att lasta ombord de sårade innan de själva går ombord. Helikoptern lyfter och flyger i väg på låg höjd.

18 Augusti 2010, Kapstaden, Sydafrika.

Abe går längst korridoren i Överstens hus, oftast kallat kontoret. Hans mål var en av de många rum som en gång i tiden hade tjänat som bibliotek, men som numera tjänande som samlingssal för de som jobbade på WO. När han kommer fram till dörren så ställer han ner påsen han bär på. Hans högra arm hänger fortfarande i en mitella runt halsen. Hans arm var inte bruten, men för att stabilisera axeln så var det tvunget. Han öppnar dörren innan han lyfter upp påsen och knuffar upp dörren med foten innan han kliver in. Parnell, Dima och Cheng är redan i rummet. Cheng sitter i en av stolarna med sitt ben uppe på en pall i ena hörnet. Parnell lutar mot en biljardkö och väntar på att Dima ska avsluta sin stött.

Abe ställer ner påsen på ett bord och lyfter ur flaskorna med rom och ställer ner dem på bordet. Samtidigt som han ställer ner den sista flaskan öppnas dörren och Johnny och Jackson kommer in.

"Everyone here?" Frågar Jackson samtidigt som han går fram till barskåpet i hörnet av rummet.

"Yepp." Svarar Parnell, och avslutar sin stöt. Vilket leder till en stön från Dima.

Jackson lyfter ut 6 glas ur skåpet och ställer dem på bordet bredvid flaskorna. Han tittar sig runt i rummet samtidigt som han lyfter upp en av flaskorna och börjar hälla upp den mörka romen i glasen. Han tar upp två glas och ger det ena till Cheng innan han sätter sig i soffan. Samtidigt går Dima runt och delar ut cigarrer till alla närvarande innan han slår sig ner i en av fåtöljerna. Abe tar sitt glas efter att ha fått cigarren av Dima. Sen sätter han sig i Soffan bredvid Jackson.

Abe tar upp ett paket tändstickor och tänder sin cigarr, sen slänger han över den till Parnell. Tändstickorna går laget runt innan de kommer tillbaka till Abe. Rummet fylls snart av doften cigarr rök.

Jackson ställer sig upp och går till mitten av rummet. Han höjer sitt glas över huvudet.

"To the ones that never came home!" Säger han med hög stämma. De andra höjer sina glas i en tyst skål innan de tömmer sina glas i ett svep. Jackson går tillbaka och sätter sig i soffan igen.

"How's Adams?" Frågar Abe när Jackson satt sig till rätta.

"He will live. But he lost his right arm below the elbow, so he will retire." Svarar Jackson.
"How's your shoulder?"

"It's still a bit stiff, but in a few weeks it will be back to normal." Abe håller upp sitt glas när Parnell går runt och fyller upp allas glas.

"What did Ayanna say?" Jackson ler. Han visste svaret redan, men det var alltid kul att höra Abe säga det.

"That can't be repeated in the company of such civilised gentlemen as this. But let's just say she wasn't happy." Abe tar en liten klunk
"But I think the Colonel got it worse than I did..."

Jackson skrattar. Ayanna hade sin mammas temperament, och sin pappas envishet. Vilket gjorde henne till en kvinna som de flesta gör sitt bästa att inte göra förbannad. Något som passade henne väldigt bra i hennes yrke som advokat. Jackson hade sett henne i aktion i en rättssal, och hon var fenomenal. De hade till och med använt henne för att förhöra folk några gånger när Jamerson inte hade lyckats knäcka dem. Vilket för den invigde sa en del.

"Well that's what you get for marrying a Van DeWrise." Jackson skålar med Abe, och båda männen tömmer sina glas i ett svep.

Abe reser sig och går bort till bordet som flaskorna med Rom stod på. Han fyller på sitt glas. Och tar sedan några steg bort från bordet och tittar på de samlade i rummet. Vänner, kollegor, bröder.
Han höjer glaset i en skål.

"For Adams. For the men on the other side who did not make it back. Same blood!" Säger han och sveper sedan glaset.

"Same blood!" Upprepar de andra i kör.

Kapitel 3

Att Sparka på Getingens bo

19 Januari 2011, Kapstaden, Syd Afrika

Abe ligger utsträckt i sin säng med fjärrkontrollen till TVn i ena handen, med den andra handen vilande på Ayannas höft där hon ligger bredvid honom i sängen, hennes långa hår uppsatt i en fläta som hon brukade ha det. Vid fotändan på sängen ligger Jayvyn och sover i sin säng. Någonstans på golvet, troligtvis bredvid Jayvyns säng ligger deras hund Zenta. Jayvyn och Zenta tävlar just nu om vem av dem som kunde göra den bästa imitationen av ett sågverk. Det dunkla ljuset från TV lyser upp sovrummet i ett växlande mönster att blått och grönt, medans Abe slumpmässigt bläddrar mellan kanalerna. Det fanns, trots att det var Fredag, inget att titta på på TVn.

Abe hade kommit hem från sitt senaste jobb några timmar efter lunch och efter en mysig om än kort middag på en av de lokala restaurangerna hade familjen gått hem, och efter att spenderat kvällen i soffan framför Tv'n med dricka och snacks hade de gått för att lägga sig.

Men som vanligt efter ett uppdrag kunde Abe inte sova, inte för att hans samvete spökar, utan mer för att det var lättare att samla tankarna och gå igenom det som hade hänt, både de bra och de dåliga sakerna så här direkt efteråt.

Detta uppdraget hade varit enkelt, ett snabbt "Smash and Grab" som Parnell hade uttryckt det, och mycket riktigt hade den första delen av uppdraget, att ta sig till målet och rädda objektet, gått lätt. Delen därefter hade inte varit fullt så lätt. Men som vanligt var det saker som inte stämde med verkligheten och som vid de flesta andra tillfällen så hade det varit underrättelserna.

Ja, ja ingen hade blivit dödad... Eller... Ja, ingen på Abes sida iallafall.

Och den lilla flickan...

Hon kunde inte ha varit mer än fem år gammal. Hon och hennes mamma hade fått återförenas med sina morföräldrar i deras hem i Egypten, och företaget hade blivit 10 miljoner rikare.

Abe lägger ner fjärrkontrollen. Det fick bli CNN, åtminstone tills han kom tillbaka från köket. Han reser sig ur sängen och går mot köket, Zenta lyfter på huvudet, nyfiken på vad det är som händer. Efter att ha konstaterat att det bara var husse som var upp lägger hon ner huvudet igen och somnar om.

Abe går fram till ett av köksskåpen och tar fram ett nytt glas som han ställer på diskbänken, han går bort till kylskåpet, öppnar frysfacket och tar ut isbitar. Han lägger ner isbitarna i glaset samtidigt som han öppnar kylskåpet och tar fram Lime juice. Efter att ha hällt ner en lagom mängd i glaset går han in i vardagsrummet och över det kalla golvet till barskåpet där han befriar Jack Daniels flaskan från sina sista droppar innan han går tillbaka till sovrummet.

Innan han sätter sig ner i sängen tar han ut sin Glock 19 som han har i ett hölster i svanken och sätter den i hölstret som är monterat mellan sängen och sängbordet. Ayanna muttrar och tittar på sin man. Hon hade sedan länge accepterat att hennes man hade ett jobb som många inte gillade och som gjorde att risken var stor att han inte kom tillbaka när han åkte iväg. Men hon gillade inte att han bar pistolen på sig i stort sett hela tiden, och trots att hon till slut hade gett med sig om den lilla pistolen en glock 26 hade han sagt det var, som hon hade i handväskan när hon var ute utan honom, så muttrade och suckade hon fortfarande när han satte på sig den.

"Ska inte du sova" Frågar hon på sitt modersmål, Afrikaans.

"Jo, men inte än. Jag måste skriva ner lite saker till mötet, så jag inte behöver åka in till kontoret så tidigt imorgon", svarar han. *"Vill du följa med och kanske träna lite?"*

"Men Jayvyn då?", svarar hon och sätter sig upp. *"Han ska inte till dagis imorgon"*, Hon slänger av sig täcket och gränslar över honom.

"Kan inte din mamma ta honom då?" Säger Abe och lägger sina händer på hennes höfter.

"Antagligen, om vi frågar henne. När börjar mötet?" Frågar hon och kliver av efter att ha givit honom en kyss.

"Inte förens vid 15." Säger han och följer henne med blicken när hon lämnar rummet med Zenta i släptåg. Han tar en klunk av sin drink, rullar bordet som datorn står på närmare och fäller ut skivan över benen så han kan skriva. Hon kommer tillbaka några minuter senare och kryper ner i sängen igen, och efter att ha givit honom en puss så lägger hon huvudet på kudden och några sekunder senare så snarkar även hon ikapp med Jayvyn, Zenta lägger sig på golvet igen och somnar om hon med.

Abe börjar skriva ner sina punkter till morgondagens möte. När han är klar så stänger han av datorn efter att ha sparat dokumentet, fäller in skivan och ställer tillbaka bordet på sin plats. Sedan går han ut i köket igen och ställer glaset i diskmaskinen innan han går runt och släcker i lägenheten. Han kollar så att dörren är låst och att larmet är igång. Deras lägenhet låg längst ner i korridoren, och genom titthålet i dörren kunde han se längs hela korridoren, ända fram tills hissen i andra änden. Nu var korridoren släckt, han dubbelkollar larmet. Sedan går han och lägger sig, han somnar nästan så fort han lägger huvudet på kudden.

Vad som känns som minuter senare väcks han av det pipande ljudet som innebär att något har aktiverat den bortersta av de tre sensorerna i korridoren. Han är precis på väg att lägga huvudet på kudden igen, för det var antagligen bara en av grannarna i korridoren som kom hem från puben, och missade sin dörr som vanligt. När pipet som betyder att även den andra sensorn har aktiverats kommer, och den satt långt ner i korridoren från den närmaste grannen.

De två närmaste lägenheterna på båda sidor ägdes av företaget och var tomma, ingen gick in i dem utan att ha meddelat först, så det var ingen som skulle vara här. Abe ställer sig upp, tar sin pistol från hölstret, trycker på knappen som är dold på baksidan på sängbordet och med ett lätt klick så öppnas ovansidan på bordet. Han fäller upp locket helt och viker sedan upp skärmen på den lilla monitorn som är gömd där under. Han bläddrar mellan de olika kamerorna tills han kommer till den som sitter i korridoren utanför. Med hjälp att nattfiltret på kameran kan han se hur tre män står i korridoren, alla beväpnade med vad som ser ut som AK47or, det finns ingen mick i korridoren men det ser ut som om de tre diskuterar någonting. Abe svär tyst för sig själv sedan ruskar han om Ayanna, så hon vaknar.

79

"Jag glömde stänga av gasen i 2c..." Säger han samtidigt som han drar på sig sina byxor igen.

Det tar några sekunder innan den yrvakna Ayanna kopplar kod frasen, men när hon gör det ändras hennes ansikte från irriterat nyvaken till argt beslutsam.

"Klä på dig och väck Jayvyn." Säger Abe. *"Ta din pistol och gå till skyddsrummet. Lås dörren och öppna inte förens jag knackar, Okay?"*

Abe går bort till en av garderoberna, han öppnar den vänstra dörren helt, låser sedan upp låset på högersidan och svänger upp den dolda dörren. På insidan av dörren hänger en Sig 551, ett pumphagel samt andra vapen av olika slag. Han tar en av skyddsvästarna från sin hållare och efter att ha plockat ner hagelgeväret tar han en av de andra skyddsvästarna och manar till Ayanna innan han försiktigt går ut i hallen och smyger sig bort mot dörren.

Strax innan han kommer fram börjar larmet pipa igen. Männen i korridoren hade precis aktiverat den sista sensorn. Det innebar att larmet nu hade gått hos företaget och om inte killarna som hade nattvakten hade somnat så skulle de ringa hans mobil. Om han inte svarade inom 5 signaler skulle de larma polisen och sedan väcka översten. På en byrå bredvid ytterdörren står en digital fotoram som visade ett bildspel med bilder från familjens senaste semester, han trycker på knappen på baksidan och bilden på Jayvyn iklädd sin UV dräkt sittande i poolen byts ut mot en grön TV-bild från kameran i korridoren. Två av männen står precis utanför dörren och den tredje står en bit längre bort i korridoren, en av de närmaste männen tar fram någonting ut fickan och sätter på dörren och de två börjar backa längst korridoren.

"Ohh, shit!" säger Abe och springer bort från dörren. Ayanna är på väg med ut i hallen med en fortfarande sovande Jayvyn i famnen och han drar med dem in i sovrummet precis innan den lilla laddningen mannen hade placerat på dörren exploderar. Explosionen blåser bort låset på dörren och kastar spillror in i lägenheten. Jayvyn vaknade av smällen och skriker nu för full hals.

"Ta Zenta och göm er i garderoben!" Säger Abe och ger Ayanna en knuff i riktning mot garderoben innan han svänger runt. Han hör hur männen går in i lägenheten, och längst med korridoren.

"Check the bedroom!" Säger en manlig röst på kraftigt bruten engelska.

Abe ställer sig med ryggen mot väggen, han tar hagelgeväret i vänster hand och tar upp karambit kniven

81

ur byxfickan. Han trycker hagelgevärets stock mot armvecket för att stadga det och fäller så tyst han kan ut bladet på kniven. En gevärspipa följt av mannen som håller geväret kliver in genom dörröppningen.

Abe tackar sin lyckliga stjärna att skurkarna alltid verkar hyra idioter samtidigt som han tar ett kliv mot mannen, han hugger mannen över halsen med kniven och trycker in hagelgeväret i dennes sida och trycker av, blod sprutar ut ur mannens hals och väggen i korridoren täcks av blod och ben när hagelsvärmen lämnar kroppen. Abe rullar runt och hamnar med ryggen mot väggen på andra sidan dörröppningen samtidigt som en salva 7,62 slår sönder glaset på balkongdörren mittemot. Vem det än är som skjuter så är han inte en idiot, för nästa salva kommer genom väggen och Abe kastas till marken när en av kulorna träffar ryggplattan i hans skyddsväst. Han rullar runt och hinner precis komma upp på knä igen när den andra mannen kommer in genom dörren.

Hagelgeväret slogs ur Abes hand när han föll och ligger nu på golvet mellan mannen och Abe. Mannen ler elakt och höjer sin Ak mot Abe. Han trycker av men vapnet klickar. Han slänger det på golvet och kastar sig sedan mot Abe som kommit upp på fötterna nu. Abe ser hur den tredje mannen kliver in bakom den andra, han höjer sin pistol mot Abe, när Zenta plötsligt kastar sig ut ur garderoben och hugger tag i mannens arm. Utan att tänka på någonting annat än sin familj så snurrar Abe undan den andra mannens attack samtidigt som han drar glocken. Innan han riktigt fattat vad som hänt har han satt två skott i bröstet på mannen i dörren och ett skott i bakhuvudet på mannen som attackerade honom. Båda faller livlösa till marken. Zenta släpper den nu livlösa mannens hand och tittar frågande mellan Abe och mannen. Abe böjer sig ner och tar upp hagelgeväret från golvet.

"Tack!" Säger han till henne. *"Stanna!"* Säger han till Ayanna som är på väg ut ur garderoben. Abe går bort till sängbordet och bläddrar mellan kamerorna, det är ingen i korridoren, trapphuset ser tomt ut och hissen är kvar på denna våningen. Det står ingen på gatan utanför, men det står två män i garaget. Båda är beväpnade och det ser ut som det sitter någon i bilen som männen står vid. Abe går bort till garderoben igen. Han slänger av sig skyddsvästen och tar på sig en T-shirt och sedan en annan av skyddsvästarna. Han slänger hagelgeväret på golvet och tar sedan två nya magasin till pistolen. Han gör ett snabbt magasin byte och stoppar magasinen i fickan. Det nya i bakfickan och det han tog ur pistolen i höger framfickan.

"Okej, kom nu. Vi måste härifrån." Säger han och tar en ljuddämpare, en flashbang. Innan han stänger dörren tar han ner ett par aktiva hörselskydd från dess krok.

Ayanna kliver ut ur garderoben med Jayvyn i famnen och sin pistol i ett nästan krampaktigt grepp i den andra.

"Ta det lugnt. Det kommer att ordna sig. Vi tar trapporna ner till garaget, sen tar vi bilen och kör till kontoret. De vet att något har hänt, och polisen är antagligen redan på väg." Abe lägger sin hand på sin frus kind och börjar gå mot dörren ut i hallen, efter att ha kollat att alla är med går han ut i hallen och vidare mot ytterdörren, han kollar så att ingen är i korridoren, sedan vinkar han till familjen att de skall följa efter.

Han går längs korridoren med familjen bakom sig. När han kommer till dörren till trapphuset vrider han på huvudet.

"Stanna här. Om hissen börjar röra på sig, så gå tillbaka in i lägenheten och göm er i skyddsrummet." Han pussar Ayanna på kinden och sedan öppnar han försiktigt dörren och glider in i trapphuset.

Han kollar en våning upp, och en våning ner. Sedan hämtar han familjen. Sakta, våning för våning rör de sig ner mot garaget. När de kommer till markplan stannar Abe.

"Vänta här." Säger han och öppnar dörren som går ut från trapphuset. Det är ingen i lobbyn, han går bort mot hissen och trycker på "hit"-knappen. När dörrarna öppnas, sträcker han in handen, trycker på knappen för femte våningen och sedan på den för garaget, sedan skyndar han sig tillbaka till trapphuset. Med familjen efter sig går han ner den sista trappan.

"Jag är strax tillbaka. Stanna här." Säger han och släcker lampan i trapphuset genom att skruva ut den ur sin hållare, och det lilla utrymmet sänkt i ett kalls mörker.

Han öppnar försiktigt dörren så mycket att han kan se ut genom den lilla springan. Från dörren kunde han se de två männen vid bilen, båda står och kollar på hissen som precis anlände till våningen. När hissdörrarna öppnas smyger Abe ut. Han går lågt från bil till bil tills han är framme vid bilen närmast den som männen står vid. Det sitter tre personer i bilen, en i förarsätet och två i baksätet. En av dem är vit. Det måste vara ledaren tänker Abe. Han tar ett djupt andetag och lägger sig ner, och kryper mot framsidan av bilen.

När han kommer fram till framhjulet tar han på sig hörselskydden, han plockar fram Flashbangen, drar ut sprinten och rullar den under bilen. Abe blundar med armen skyddande över ögonen. När granaten briserar reser han sig och skjuter de två männen innan han kliver

85

upp på motorhuven och hoppar ner på andra sidan, han skjuter föraren två gånger.

Den bakre passagerardörren på Abes sida öppnas och han sparkar till den innan han skjuter två skott genom rutan, Abe sliter upp dörren och sätter ytterligare två skott i mannen. Sedan sliter han ut den döda kroppen och riktar pistolen mot den vita mannen som har förarens blod och hjärnsubstans i ansiktet.

"Okay. We can do this the easy way or the hard way, it's up to you. But if you want to live, I recommend you start talking. Who sent you?!" Säger Abe och stirrar på mannen.

"Please, don't kill me!" Stammar mannen fram.

"Then give me a name!" Säger Abe och trycker pistolen hårdare mot mannens tinning.

"He will kill me if I say anything!" Stammar mannen skakande fram.

"Your men just tried to kill my family. I really dont need another reason to blow your fucking head off! Give me his name!" Skriker Abe.

Mannens ögon rullar bak i huvudet och hans huvud faller framåt mot förarsätet.

"Underbart..." Muttrar Abe för sig själv, och skrattar lite lätt när han hörde vad han sa. Svenskan kom alltid fram vid de mest slumpmässiga av tillfällen. Han drar mannen ur bilen och lägger honom på garagets golv. Han andas fortfarande, vilket var bra. Abe använder skosnörena från de andra männen för att binda mannens händer och fötter och hans egen näsduk som munkavle. Abe lyfter upp mannen i ett brandmanna grepp och går bort mot sin bil. Han låser upp den och öppnar bagageluckan och lägger ner den medvetslösa mannen. Han stänger bagageluckan och går sedan runt och hoppar in i förarsätet och kör bort mot dörren till trapphuset. Han kliver ut och går bort mot dörren, knackar tre gånger sedan öppnar han den försiktigt. Ayanna står där inne och skakar, Jayvyn har somnat om igen och Zenta står och kollar upp för trappan till nästa våning.

"Kom igen, det är dags att åka." Säger Abe och leder familjen till bilen.

Abe hoppar in i förarsätet och kör ut på gatan, bilen svänger precis in på nästa gata när den första polisbilen svänger in på gatan framför huset från andra hållet. Abe tar upp sin mobiltelefon och slår ett snabbvalsnummer.

"It's Abe. Yeah we are fine, under the circumstances. There are three dead in the apartment, and four in the garage. No, I don't know who sent them. But I have someone with me who does. I think he would like a chat with Jamerson..." Han lägger på och koncentrera sig på att köra.

Efter 15 minuter svänger han in på vägen som leder mot Överstens hus. Han parkerar framför huset där Översten och två andra möter dem.

"Come with me." Säger Översten och gör en svepande rörelse med armen. "Take care of our new guest." De två männen lyfter upp den fortfarande medvetslösa mannen ur bagaget. Översten visar in Abe, Ayanna och Jayvyn och Zenta till ett av gästrummen.

"You can rest here if you want. Abe, we are taking our guest to the basement. Come down when you are ready." Översten stänger dörren och lämnar familjen ensam "Someone really kicked the hornets nest this time..." Säger Översten tyst för sig själv när han går längst korridoren på väg mot sitt kontor.

"*Varför?*" frågar Ayanna

"Jag vet inte." Svarar Abe. *"Men jag tänker ta reda på det. Villa en stund, jag är strax tillbaka."*

Han kysser sin fru och sedan lämnar han rummet. Han går längst korridoren och ner för trapporna tills han kommer till källaren. Längst en ny korridor fram till en dörr, som han öppnar och kliver igenom. I rummet står Översten, Parnell och Johnny. Parnell och Johnny nickar mot Abe när han kliver in.

"Jamerson, is in there with our guest." Säger Parnell. "So if he knows anything we will soon know. How's Ayanna?"

Abe nickar och går och ställer sig och tittar in i det andra rummet via spegelglas fönstret.

Jamerson går hårt åt mannen som nu har vaknat. Abe trycker på knappen som aktiverar mikrofonen i rummet så de kan höra vad som sägs.

"Look man. You attacked the family of a mate of mine. And the daughter of the Colonel. How the hell did you think this would work out? You fucked up." Jamerson lägger händerna på bordet. "Right now. I'm the closest thing to a friend you have in this building. If you don't give me something, the husband will come through that door and beat you into a bloody mess! And if he doesn't the Colonel will. Silence can only end badly!"

Efter några minuters fortsatt omild verbal behandling verkar mannen ge sig och skriver någonting på en lapp han ger till Jamerson. Jamerson går fram till spegeln och håller lappen så att de på andra sidan kan läsa den. Abe vrider på huvudet för att kunna läsa vad som står på lappen:

Musaf Ajiff

"Musaf Ajiff..." Säger johnny och tittar på Översten. "Isn't that?"

"I'm afraid it is..." Svarar Översten med en djup suck.

"You have his number?!" Frågar Abe Översten med begynnande vrede lysande ur ögonen.

"Yes. but..." Säger Översten samtidigt som han vänder på sig för att titta på Abe. Han är på väg att säga mer men Abe avbryter honom.

"NO BUTS, Colonel. He sent men after my family. Not after me, my family. Your daughter and grandkid. I wasn't even supposed to be home tonight! There is one unbreakable rule in this business. And he just broke it!" Abe nästa skriker åt Översten.

Översten nickar och går mot dörren, han och de andra går upp från källaren och in på Överstens kontor.

Översten öppnar en låda i sitt skrivbord och tar fram en mobiltelefon som han lägger på bordet, han öppnar en annan och tar fram ett kort som han lägger bredvid. Abe går fram till bordet och tar upp mobilen och slår på den. Stämningen i rummet är tung, allas blickar än vända mot Abe. Abe lägger händerna på bordsskivan. Han hade börjat känna av blåmärkena och de övriga skadorna han fått i lägenheten i takt med att adrenalinet lämnade kroppen. När mobilen startat upp så lyfter han upp den med båda händerna, utan en kropp full med adrenalin gör allt ont. Han slår sakta numret. Han sätter i gång högtalarfunktionen och lägger ner mobilen på bordet på bordet. Han lägger händerna på bordsskivan igen och sluter ögonen. Samtidigt kommer Jamerson in i rummet, med en handduk som han använder för att torka av blodet från sina händer.

"Hallo. Vem är det???" Svarar någon på franska på andra änden av luren. *"Hallo? Hallo? Vem är det?"*

"Musaf Ajiff?" Frågar Abe på franska även han, med en så mjuk ton han kan frambringa. .

"Ja, vem är du?" Svarar rösten

"Männen du skickade efter min familj misslyckades. Det kommer inte jag att göra..." Säger Abe och lägger på. Han reser sig från bordet och går ut ur rummet. Parnell är på väg att följa efter honom, men stannar efter en blick från Jamerson.

Översten följer Abe med blicken när han lämnar rummet.

"This will end badly for Ajiff..." Säger Jamerson.

"It will... Very badly" Svarar Översten. "We'll need to get a new weapons supplier..."

"I'll call the Canadian in the morning..." Svarar Jamerson.

---

25 Januari 2011, N'Djamena, Tchad

"Yesterday, shortly before 11 pm. A car exploded as it was leaving the parking lot of L'Olympia here in N'Djamena. The car belonged to Musaf Ajiff, a known head of the criminal underworld, most notably the smuggling ring that the police made several successful operations against last week. Ajiff and another man, believed to be Ajiffs driver and bodyguard, were killed in the explosion. No other people were killed, but there was heavy collateral damage. Police have no clues as to who is behind the attack, but it is believed to be part of an ongoing power struggle inside Ajiffs organisation. This is Sidney Oakmaine. BBC world news Tchad."

"I never miss..." Säger Abe tyst för sig själv och släcker TV. Han tar sin väska från sängen och slänger den över axeln. Efter att han kollat igenom hotellrummet en sista gång så lämnar han rummet och låser dörren bakom sig. Han går längst med korridoren mot hissen. Halvt medveten halvt förlorad i sina tankar. Han kliver in i hissen och trycket på knappen för lobbyn, utan att riktigt märka det. När hissen stannar kliver han ut. Plötsligt slås han av värmen och det starka ljuset på N'Djamenas gator. Han stannar och tittar mot receptionen för han utan att vara medveten om det för några sekunder sedan hade checkat it. Kvinnan bakom receptionen ler och vinkar åt honom. Han besvarar leendet och vinkningen innan han sakta börjar gå ner längst stadens gator.

Kapitel 4

Sista misstaget

12 April 2011, Kapstaden, Sydafrika.

Ayanna sitter i bilen i väntan på att ljuset ska slå om till grönt, det hade varit en lång dag och nu var hon äntligen på väg hem till sin mamma för att hämta Jayvyn. Sedan skulle hon svänga förbi kontoret och hämta Abe. Efter det skulle de ha en mysig familjedag med middag på restaurang. Ljuset slog om och hon började rulla framåt. Hon hörde bilen som kom upp bakom henne, men hann inte reagera innan det var för sent. Bilen kör hårt in i hennes bil, hon knuffas av vägen och rullar in i en elstolpe. Airbagen utlöses av träffen och omtöcknad ser hon hur en annan bil stannar och tre personer i svarta luvor kommer gående mot henne.

Ayanna famlar efter pistolen som ligger i handväskan. Hon får tag på pistolen, fortfarande omtöcknad av krocken och röken från airbagen får det att svida i ögonen, men hon försöker fokusera som Abe har lärt henne när hon riktar pistolen ut genom fönstret. Men hon hinner inte göra mer innan dörren slits upp. Ayanna hör en låg smäll och känner hur något sticker henne i sidan. Hundradelarna av en sekund senare känner hon hur hon förlorar kontrollen över sin kropp, när 50'000 volt for hennes kropp att låsa sig i kramper.

Kramperna slutar, men Ayanna kan inte göra mer innan hon känner hur något hårt träffar henne i ansiktet och hon tappar medvetandet.

De tre männen sliter hennes medvetslösa kropp ut ur bilen och bär bort henne till en annan bil. Allt sker mitt på ljusa dagen inför hundratals vittnen. Vittnen som inte bryr sig. Bilen kör iväg i hög hastighet längst med gatan.

"Okay! Range is cold! cease-fire! Range is Cold" Ropar Jamerson så högt han kan. "That's enough for today. Grab your kit and return to the house. Have a nice weekend boys and girls!"

Abe ställer sig upp, och sträcker på sig för att lösgöra alla knutarna i ryggen efter att ha legat på magen i flera timmar. Det hade varit en lång dag, och en lång vecka. Nu såg han fram emot en ledig helg. Han, Ayanna och Jayvyn skulle gå och äta och sedan hem för en mysig hemmakväll. Sen så skulle de ha en mysig helg tillsammans. Han sätter sig på knä igen och börjar plocka ner sina grejer i väskan, sedan plockar han upp sin Sig 550 och slänger den på ryggen medans han börjar gå tillbaka till stugan i andra änden av skjutbanan. När han har gått några meter så känner han hur hans mobil börjar vibrera i fickan och sekunder senare kommer ringsignalen. Han fiskar upp mobilen ur fickan och svarar efter att ha kolla vem det var som ringde.

"*Hallo. Nej jag har inte pratat med henne sedan i morse.*" Säger han på Afrikaans, hans svärmors nervösa röst fick honom att stanna. "*Va? Har du provat ringa henne? Okej, jag provar ringa. Det är antagligen ingen fara. Nej nej det är lugnt, kan du ha honom en stund till? Kanon, jag ringer så fort jag kan.*"

Han tittar sig runt på skjutbanan. Ayanna hade inte hämtat Jayvyn hos hennes mamma än, och hon svarade inte i telefon. Han slår hennes nummer och höjer luren till örat. Det går fram signaler men ingen svarar. Han lägger på. Han börjar gå snabbare mot stugan.

När han nästan är framme så ringer hans telefon igen, han känner inte igen numret så han tvekar några sekunder innan han svarar.

"Yes?" Han stannar med handen på dörrhandtaget.

"Listen up!" Personen på andra änden talar med en grötig engelsk brytning, engelska är inte personens modersmål. "We have your wife, if you want to see her again you will pay us 3 million dollars."

"How do I know you have her?" Säger Abe, han kämpar hårt för att hålla sin röst stadig.

"Look at your phone." Svarar rösten och några sekunder senare piper Abes telefon till. Abe öppnade SMSet som kom, och klickar på bilden. Det är en grynig bild tagen med en mobilkamera, men den är tydlig nog för att han ska kunna känna igen sin fru sitta fastbunden i en stol. "You have 2 hours, I will call you again with the location." Sedan lägger personen på.

Abe står och stirrar på telefonen, han känner hur han måste kämpa med varenda uns av styrka han har för att inte ramla ihop i en hög på marken.

"What's up?" Parnells röst får Abe att rycka till och komma tillbaka till verkligheten.

"Someone... Someone..." Abe sväljer hårt. "They kidnapped Ayanna..." Han tittar på Parnell.

"Who? Can we trace the number?" Parnells ögon lyser med begynnande vrede.

"I don't know, they said they would call again in 2 hours. They want 3 million dollars..." Abe tittar på Parnell. Han kämpar hårt för att förbli stående. Ayanna var hans allt, om något hände med hennes visste han inte vad han skulle göra.

Parnell tittar sig runt snabbt.

"Come on, we need to get back to the office. We need to talk to the Colonel."

Parnell lägger handen på Abes axel och de börjar gå mot parkeringen på andra sidan stugan.

Ayanna öppnar ögonen sakta, försiktigt så vrider hon på huvudet och tittar sig runt. Hon var på samma ställe som hon varit de senaste timmarna. Var visste hon inte. Rummet var litet, och mörkt. Ljuset från den nakna lampan som hängde från taket, och det samlade ljuset som kom in genom det täcka fönstret ovanför henne på väggen och från springan under dörren kunde inte göra mycket för att knuffa undan mörkret. Hon kunde inte höra några ljud utifrån heller. Och den enda dofterna hon kunde känna var industriella, det luktade som bränd olja och metall. Vilket inte direkt gjorde det lättare att lista ut var hon var.

Sakta lyfter hon på armarna. Hennes vänstra hand var fortfarande fjättrad till sängen som hon låg i. Hon kunde sätta sig upp i sängen och ta några steg från den, men inte mer än så. Iallafall inte om hon inte ville dra sin arm ur led. Hon sätter sig upp på sängen och lägger ansiktet i sina händer.

Dörren till rummet öppnas och kommer en man, han har en huva på huvudet och bär en AK47 i ena handen och en plåthink i andra. Han går in i rummet och ställer hinken i ena hörnet, sedan tittar han på Ayanna. Hon kan inte se mer av hans ansikte än hans ögon, men det räcker för att hon ska kunna se att han under huvan har ett leende, som hon inte direkt känner någon önskan om att besvara. Utan att säga något eller göra mer så lämnar han rummet och dörren stängs bakom honom.

Det hade gått vad som kändes som en evighet sedan den senaste samtalet. Abe hade spenderat tiden sedan han och Parnell anlände till kontoret med att vanka av och an inne på Överstens kontor.

Översten och Jamerson hade diskuterat något under hela den tiden, men Abe hade inte lyssnat. Eller rättare sagt han hade inte kunnat fokusera tillräckligt för att lyssna. Den här typen av saker var vanliga i Sydafrika, och trots det som hade hänt för bara några månader sedan så fanns de där jävla "det händer inte oss igen"-tankarna som krupit sig in i huvudet på dem båda två.

Abes telefon börjar ringa, han tar upp den ur fickan och tittar på skärmen. Det är samma nummer som innan. Han tittar på Översten och Jamerson som båda nickar. Abe trycker på knappen för att svara och sedan på knappen för att aktivera högtalarfunktionen.

"I'm listening. I'm here with her father, so you are on speaker." Säger han samtidigt som han lägger ner telefonen på bordet.

"Good, then I don't need to repeat myself." Det är samma röst som förra gången också. "Do you have the money?"

Abe tittar på Översten som nickar innan han svarar.

"Yes, we have it." Han lägger händerna på bordsskivan. Han måste kämpa hårt för att inte tappa kontrollen.

"Good, good." Abe kan höra hur personen på andra änden ler. "You and only you, Green Point Stadium, the parking lot by Granger Bay and Suzman. 1 hour. Come alone, or she dies!" Sedan lägger personen på.

Så fort samtalet bryts lämnar Jamerson rummet. Abe följer honom med blicken, och tittar sedan på Översten när dörren stängs bakom Jamerson.

"We will fix this." Säger Översten och ger Abe ett förtroendegivande leende. "We do this all the time."

"Yes I know." Abe försöker le, han visste att Översten hade rätt. Räddningsoperationer var en av den sakerna som företaget gjorde mest. "But this is my wife, your daughter..."

Översten nickar, och är på väg att säga något när det knackar på dörren och Jamerson tillsammans med Dima och Xavier kommer in.

"We have a plan." Säger Jamerson när han stängt dörren bakom sig. "Dima?"

Dima ställer ner väskan han bär på Överstens skrivbord. Han öppnar den och tar fram ett par vantar och en liten vit sprayflaska.

"This is infrared paint." Han håller upp flaskan för att visa att det är den han pratar om. "When you get to the meeting, spray this on one of the gloves, then try to mark the roof of one of their cars."

"Me and Dima will be in the Ranger, at above 1500 feet, so they won't hear us, and in the dark. When they leave, we will be able to track them." Säger Xavier med ett leende

"We could use a GPS-tracker, but if they search the bag and find it..." Jamerson lutar sig mot skrivbordet. "This is the best alternative we have, on short notice."

Abe nickar. Det kändes ovant att de vände sig till honom för att fatta besluten och inte Översten.

"Let's do it." Säger Abe lågt.

Abe svänger av från den stora vägen, och fortsätter en bit på den nya innan han kör in på parkeringen. Så här på kvällen när där inte var någon match på arenan är den helt öde, bortsett från en bil som står parkerad i ena hörnet av den stora ytan.

Han parkerar sin bil en bit bort. Innan han kliver ut så sätter han på sig sig vantarna, och tar fram sprayflaskan han fick av Dima, han tar av korken och tömmer flaskan i handflatan på sin vänstra hand. Han tittar sig runt och tar ett djupt andetag innan han öppnar dörren och kliver ut, långsamt och noga med att inte röra något med sin vänstra hand och att inte göra några hastiga rörelser. Männen runt den andra bilen följer varje steg han tar. Abe går runt bilen och öppnar bagageluckan med sin högra hand och lyfter sakta ut väskan som pengarna ligger i.

"Air One: Alpha Sierra is entering the parking lot." Säger Xavier in i radion. Han manövrerar försiktigt helikoptern där han ligger och hovrar med släckta lampor på 1500 fots höjd. "Shooter One confirm you have eyes on."

"Shooter One confirms." Svarar Johnny över radion från sin plats på ett hustak 400 meter från platsen. "I have three hostiles. Can't see into the Car."

"Air One: switch to thermal." Jamersons röst kommer klart över radion.

Xavier tittar på Dima som sitter bredvid honom. Dima sträcker sig fram och trycker på en knapp, bilden på skärmen mellan dem byts från Grön till Vit. "I have three hostiles outside the car and one inside it." Säger Dima i radion.

Abe stänger bagageluckan och börjar gå mot den andra bilen. Han kände sig naken utan varken vapen eller radio. Men de kunde inte riskera att de här killarna var proffs och inte bara ett gäng vägpirater. Abe går mot den andra bilen och de tre männen som står runt den. Abe behövde inte ta många steg innan han visste att dessa jönsarna inte var några proffs. Vilket inte gjorde honom lugnare. Amatörer var alltid svårare att läsa.

När han kommer närmare så tar en av männen ett steg fram och börjar vifta med en pistol mot Abe.

"Hey, you come here bru!" Mannen fortsätter vifta med pistolen. Abe börjar gå mot mannen, sakta noga med att se till att han håller händerna lång ifrån kroppen.

Mannen ler mot Abe och när han kommer närmare så tar mannen tag i Abe och snurrar runt honom hastigt så han hamnar med magen mot deras bil. Mannen gör vad som antagligen är den sämsta genomsökningen Abe någonsin varit med om, han hade kunnat gömma Matilda i byxorna utan att mannen hade hittat henne, innan han med kraft snurrar runt Abe igen. Abe släpper väskan vid mannens fötter och i rörelsen låter han sin vänstra hand glida över taket på bilen. Det borde bli ett tydligt streck.

"Is it all there?" Säger en av de andra männen. Abe hör på rösten att det är samma person som han pratade med över telefon.

"Yes. Three Million dollars. Just as you asked." Säger Abe. "Where is my wife?"

"She is safe, and when you give us another two million you will get her back!" Mannen ler

Abe måste kämpa hårt för att inte säga något dumt, han hade vetat att det här var för enkelt.

"Okay, just tell me when and where." Säger han istället för vad han egentligen ville säga.

"I will call you in 2 hours." Säger mannen och börjar gå tillbaka till bilen. "You just keep calm bru, and your lady will be in your arms soon. But if you try to cross me. I will rape her in front of your eyes and then I will kill her and you!" Han öppnar bildörren och kliver in.

De andra männen kliver också in i bilen och kör därifrån. Abe står kvar på samma ställe tills dess att bilen försvinner utom synhåll.

"Air One: Alpha Sierra has made contact." Säger Xavier i radion och tittar på skärmen. "We have a good mark! I could follow that from the moon!" Säger han när han ser hur Abe drar handen över taket och ett stort fint streck av den infraröda färgen uppenbarar sig. "That was a good plan Dima."

"Yeah. We used it all the time in the Caucasus." Dima ler för sig själv lite. "They are leaving."

"Air One is following." Säger Xavier samtidigt som han börjar följa bilen när den lämnar området. Det här skulle inte vara några problem alls.

Xavier och Dima följer bilen under tystnad längst dess färd genom Kapstadens gator. Det var inga proffs de hade att göra med i alla fall. För på sättet de körde så kunde de två professionella i helikoptern tydligt se att de i bilen inte kollade efter eller ens brydde sig om förföljare. Hade de varit proffs, så hade de utgått från att de skulle vara förföljda på något sätt. Iallafall om de visste vem Abe jobbade för, och vem Ayanna var.

Dessa tankarna gjorde dock inte männen lugnare. Proffs var lätta att hantera, för dem kunde man på något sätt ofta förutspå. Med amatörer var det något helt annat.

Efter en stund så kör bilen in i ett industriområde, och parkerar inne bland några av husen.

"Call it in." Säger Xavier.

Dima tar upp sin telefon från fickan på jackan och slår Överstens nummer ur minnet.

"It's Dima. They stopped. Warehouses up on Informal road in Mitchells Plain." Dima lyssnar på Överstens svar och nickar lätt då och då. "Yes sir. We'll stay here." Han stoppar tillbaka telefonen i fickan igen. "The Colonel needs to make a few calls, then they are coming."

110

Xavier nickar som svar.

Stämningen inne på Överstens arbetsrum var allt annat än lugn och sansad. Översten satt i sin stol och tittat ut genom fönstret, med telefonen tryckt mot örat.

"Jo, jag vet att det är ett polisärende, men de kidnappade min dotter!" Översten ställer sig upp och går bort till det stora fönstret. *"Allt jag begär är att ni håller er undan från området i två timmar, så vi kan lösa det."* Han stoppar in cigarren i munnen igen och lyssnar på mannen i andra änden av luren. *"Självklart, om vi lyckas gripa någon så lämnar vi över denne till er, och självklart var det polisen som gjorde allt jobbet. Absolut."* Han tar ut cigarren igen, han var arg, stressad och nervös.

Abe står på en bit bort på andra sidan skrivbordet tillsammans med Jamerson och lyssnar på samtalet. Abe kan inte riktigt förklarar varför, men det känns alltid konstigt när Översten talade Afrikaans. På något sätt kändes det alltid som om samtalet var allvarligare när han gjorde det.

"Underbart Kapten. Tack. Ja, jag ser till att där kommer en liten gåva till dig inom kort. Vanliga stället? Lysande, jag

111

fixar det." Översten lägger på och sedan vänder han sig mot Jamerson. *"Ni har 2 timmar på er, så sätt fart!"* Översten tittar på Abe. *"Du stannar här... Nej Adrian, det är inte öppet för diskussion!"*

Jamerson lämnar rummet efter att ha gett Abe ett klapp på axeln. Abe är på väg att säga något men inser att det inte är någon idé, Översten kommer inte ändra sig vad han än säger.

Abe nickar och går sedan ut från rummet. Översten följer honom med blicken, så fort dörren stängs bakom Abe så tar han upp telefonen och slår numret som ligger på plats 1.

Jamerson vandrade genom korridoren, tankarna rusade genom hans huvud. Detta var ett räddningsuppdrag, och sådana gjorde de hundratals av varje år. Men denna gången var det inte som alla andra, den kidnappade var frun till en av hans kollegor, dessutom dottern till hans chef och äldsta vän. Någon som han sett växa upp och såg som en del av sin egen familj, nästan som sin egen dotter.

Han blinkar till när han plötsligt kommer ut på gårdsplanen och den lätta belysningen inomhus byts mot de kraftiga belysningen från strålkastarna på gårdsplanen.

Han går ner för trapporna, ute på gårdsplanen står flera bilar parkerade. Vid varje bil står en grupp med människor, alla beväpnade och i taktisk utrustningen. Jamerson stannar på nedersta trappsteget och tittar ut över gårdsplanen och de samlade runt bilarna. Hans blick möter Parnells som står vid den närmaste bilen. Parnell var nervös, det kunde Jamerson se. Han såg samma sak på flera av de andra. Alla förstod vad som stod på spel denna gången och ingen av dem ville misslyckas.

Jamersons mobil började ringa.

"Yes?" Han nickar till Parnell medans han lyssnar på rösten på andra sidan luren innan han lägger på. "Listen up! Target is in a Warehouse at Informal Road in Mitchells Plain. Group one on me, Group two and three take the most direct route but don't bunch up, we don't want to tip them off. GO!"

Han tar de sista stegen fram till den närmaste bilen och kliver in utan att säga mer. Parnell och de andra kliver in, och strax därefter så kör bilarna i väg.

De kör så fort som lagen tillät dem ut mot området. Ingen i bilen säger något och luften var tung av den samlade fokusen hos alla som satt i den. Jamerson krånglar på sig sin väst och laddar sin AK. Han hade bett Parnell välja en äldre sliten sak från vapenförrådet, det skulle troligtvis vara det som motståndet hade, och det kanske skulle komma att behövas.

Efter en stunds körande svänger de in på Informal road. Bilen stannar vid sida av vägen.

"Show me." Säger Jamerson in i radion samtidigt som han håller upp nattkikaren mot ögonen. Plötsligt kommer en grön stråle från himlen och träffar taken på ett av husen. "Roger that. RTB." Säger han in i radion igen.

Några sekunder senare så stannar de andra två bilarna bakom dem. Jamerson och de andra kliver ut och alla samlas vid den mittersta bilen.

"Okay, targets are in that building." Jamerson pekar mot byggnaden som han hade fått visad för sig. "Abe..." Jamerson tar ett djupt andetag. Han hör hur Parnell och någon annan skrattar till. "It feels strange not to have the little guy on overwatch..." Säger Jamerson med ett leende.

"Okay. Group Two East side, Group Three West side. Recon then move up. Group One on me.

Grupperna sprider ut sig och rör sig sakta och tyst till sina utgångspunkter.

Grupp Ett kommer fram till sin utgångspunkt, Jamerson sätter sig ner på knä. Tankarna rusade fortfarande genom huvudet på honom. Hade de missat något? Han hade en obehaglig känsla av att detta gick för enkelt.

"No sentries. These guys are either sloppy or stupid..." Säger Parnell som faller på knä bredvid honom.

"Yeah..." Jamerson tittar sig runt. De andra grupperna var redan på plats. "My ears are twitching..."

Parnell tittar på honom med höjda ögonbryn i några sekunder innan han tittar runt på de andra som samlats runt honom och Jamerson.
"Yeah... I hate amateurs too..." Säger han så tyst att bara Jamerson hör honom.

Ayanna reser sig sakta i sängen. Något hade hänt, hon kunde känna att stämningen i byggnaden hade ändrats. Det hade varit ganska tyst. Hon hade hört personer som snackade med låga röster i rummet utanför. Men plötsligt hade rösterna blivit högre. Hon kunde höra att de flesta av de som pratade därute var Sydafrikaner, men där var minst två som inte var det. Och det var när de rösterna hade kommit som de andra hade börjar prata högre.

"What were you thinking?" Det där var inte en Sydafrikan. "No, no, don't answer that. Because I know the answer. You weren't thinking!"

Ayanna kan inte höra svaret, men vem den icke Sydafrikanska personen var så var han arg. Han lät som en Engelsman. Ayanna sluter öronen och fokuserar på att lyssna. Hon skulle kunna resa sig ur sängen och gå närmare dörren. För hon var inte bunden vid sängen längre, mannen med AKn och huvan hade kommit in för en stund sedan med mat och samtidigt låst upp handkloven som höll henne i sängen. Men hon vågade inte. Vad skulle hända om någon öppnade dörren när hon stod där och tjuvlyssnade?

"We told you to grab her. Nothing else. Just grab her." Det var Engelsmannen igen. "Do you know who her husband works for? Do you know what they do?!"

116

Hon hör hur någon svarar, men hon kan inte höra svaret denna gången heller. Hon ler lite för sig själv, när hon tänker på att vem hennes kidnappare än var så hade de precis insett att de hade gjort bort sig. Leende försvinner när nästa tanke slår henne; Engelsmannen, vem han nu än var hade anlitat hennes kidnappare för att ta henne...

Hon sätter sig upp i sängen när hon tycker sig höra ljudet av någon som smyger förbi utanför fönstret, hon ställer sig upp, men hon är för kort för att kunna se ut genom fönstret även när hon står på sängen.

Hon sätter sig ner på sängen igen. Sekunderna senare skakar huset av ett flertal explosioner, följt av flera dova smällar.

Jamerson smyger längst sidan på byggnaden med Parnell och de andra tätt bakom honom. Sakta rör de sig mot dörren, noga med att undvika att röra vid väggen. De kryper under flera fönster, och kommer till slut fram till dörren.

117

Jamerson stannar och väntar medans resten av gruppen gör sig redo. Han nickar till Parnell som försiktigt smyger fram och fäster två remsor med Semtex på dörren och backar sedan tillbaka. Jamerson slingar sin AK, och tar fram en chockgranat ur en ficka på västen. Han tar ett djupt andetag och sedan nickar han till Parnell innan han hastigt vänder på sig. Sekunderna senare trycker Parnell på knappen på detonatorn han håller i handen, Semtexen exploderar och knäcker dörren som faller in i byggnaden. Några ögonblick senare kastar Jamerson in granaten, och följer själv efter bara några sekunder senare. Tätt följt av resten av gruppen. Samtidigt hörs explosioner från flera andra håll, när de andra grupperna går in i byggnaden.

Natten fylls av ljudet av skottlossning som hörs under flera minuter sedan tystnar det, och natten blir åter stilla.

"Strike Actual. All clear, Baby Girl is secure, I repeat Baby Girl is secure. No friendly casualties, One prisoner, all other hostiles KIA..." Kommer Jamersons röst över radion. "Escorting Baby Girl out now. Clear to enter."

Abe som sitter i en bil utanför området tillsammans med Översten och Johnny, andas ut en lång suck av lättnad.

Johnny startar motorn och kör sedan in i området, han kör fram till byggnaden samtidigt som Jamerson och Parnell leder ut Ayanna genom dörren.

Abe är ute ur bilen innan han ens hinner reagera på vad han gör. Han springer fortare än han någonsin sprungit tidigare. När Ayanna ser honom rycker hon sig loss från Jamerson och Parnell och springer honom till mötes. De kramar varandra hårt, ingen av dem villig att släppa den andra någonsin igen. Efter att ha stått helt stilla och bara hållit om varandra i tystnad under flera minuter så lösgör sig Abe från Ayannas kram och leder henne mot bilen. Ingen av dem säger någonting. Varken till varandra eller till någon annan. Men det behövdes inte, för alla visste vad som sades utan att det behöver uttryckas med ord, både mellan Abe och Ayanna, och alla andra på platsen.

Översten stänger bildörren efter att Abe klivit in och bankar på taket. Några sekunder senare kör Johnny iväg. Översten tar upp och tänder en cigarr när Parnell och Jamerson leder ut en man ur byggnaden. Mannen var bakbunden och bar en huva och ett par hörselskydd, han var den enda personen som var levande efter deras räd. Han var också en av endast 2 vita som varit i byggnaden utöver Ayanna. Av hans kläder att döma var han inte Sydafrikan. Vilket enligt Jamerson även gällde den andra mannen som hade blivit dödad. Han tar ett djupt bloss på cigarren och tar upp telefonen. Han slår numret ut minnet och höjer telefonen till örat.

"Kapten, det är jag... Ja vi är klara... Ja precis Kapten, någon gjorde sitt livs sista misstag... Ge oss 15 minuter att dra oss ut och sedan kan du skicka in dina män.... Absolut, ännu en lyckad operation för STF... Nej tyvärr, inga överlevande. Jag är ledsen, men du vet hur de här gängen är... Däremot har jag en intressant detalj. Det verkar som om min dotter inte var den enda gisslan. Vi hittade kroppen efter en vit man i byggnaden. Av kläderna att döma var han utlänning." Översten tar ett nytt bloss och nickar medans han fortsätter lyssna på vad Kaptenen säger. *"Absolut. God kväll, eller God natt kanske passar bättre."* Översten ler ett leende som inte når till ögonen när han lägger på.

Jamerson går tillbaka in i byggnaden tillsammans med Parnell, han går runt bland de döda tills dess att han hittar vad han söker.

"This one!" Säger Jamerson och pekar på en kropp på golvet.

Parnell tittar från kroppen Jamerson pekade på, till kroppen av den vita mannen som blivit dödad.

"Yepp, that will work..." Säger Parnell.

Parnell lyfter bort den AK som den döde hade haft, som nu låg bredvid kroppen. Jamerson torkar av den AKn som han hade använt under räden och lägger sedan den på golvet, efter att ha sett till att den dödes fingeravtryck finns på lämpliga ställen på den.

Sedan lämnar de byggnaden och tillsammans med alla andra så drar de sig därifrån.

13 April 2011, Kapstaden, Sydafrika

Abe står i det lilla rummet bredvid ett av förhörs rummen och tittar in genom spegelglas fönstret, ljuden inifrån rummet kommer över högtalarna. Jamerson var där inne med mannen som de hade tagit vid tillslaget. Tre timmar hade gått och mannen hade inte sagt ett ord. Helt ärligt så brydde sig Abe inte om ifall mannen snackade eller om han dog av behandlingen, Jamerson var inte känd för att vara mild i normala fall. När det gällde Ayanna, en person han såg som sin dotter, så hade han öppnat alla spärrar.

Det viktiga för Abe var att Ayanna var säker, resten var bara en bonus. Just nu låg hon och sov i ett av gästrummen tillsammans med Jayvyn och Zenta.

"Look man. You kidnapped the daughter of my oldest friend, who also happens to be the wife of a colleague..." Jamerson ger mannen en örfil. "I don't really care if you talk. But if you don't want your funeral to be a closed casket, I would recommend you give me something!" En ny örfil.

Dima stod i ena hörnet av förhörsrummet och petade nonchalant naglarna med sin kniv. Han hade inte sagt något alls, men mannen gav honom ändå nervösa blickar då och då.

Abe vrider på huvudet när dörren öppnas och Översten kommer in tillsammans med en annan man som Abe inte träffat förut.

"Abe. How is it going?" Frågar Översten.

"Still nothing." Svarar Abe och tittar på den andra mannen. Han verkar som en helt normal person, kanske en advokat eller något liknande. Men han luktar spion.

"This is Mr Bishop." Säger Översten och nickar mot mannen han kom in med. "He is one of Mr DiAngelos associates."

"Mr Svensson." Bishop sträcker fram handen mot Abe, han bär ett stort brunt kuvert under andra armen. "Call me James."

Abe tar handen och skakar den. Definitivt spion, tänker Abe för sig själv.

"So still nothing? Not even a name?" Översten höjer på ögonbrynet och tittar genom rutan på scenen som utspelar sig i det andra rummet.

"Nope." Abe skakar lätt på huvudet.

"I might be able to help with that." Säger Bishop och tar fram en folder ur kuvertet. "His name is Simon Hannah. British, ex 47 Commando, Royal Marines served with the 539 ASRM. Currently the head of Security for Traware Group. It's a PMC based in London. They have been trying, and failing I might add, to get mining security contracts in Africa..." Bishop tystnar när han ser att både Abe och Översten ger honom väldigt frågande blickar. "Ohh... I made a few calls..." Bishop ler.

Han går och ställer sig bredvid Abe och tittar genom rutan.

"Colonel, or maybe I should ask you Mr Svensson, would you mind if I spoke to the lad?" Bishop tittar från den ena till den andra.

"Go ahead." Svarar Översten. "If you think you can get something out of him." Han sträcker sig mot en knapp som sitter bredvid rutan och trycker på den tre gånger. En liten lampa i det andra rummet blinkar tre gånger. Jamersson stannar mitt i rörelsen för att ge mannen en ny örfil och tittar över axeln mot spegel som utgjorde rutan från deras sida. Sen nickar han mot dörren åt Dima och de lämnar rummet tillsammans.

Bishop ler, något med det leende får Abe att tycka lite synd om mannen i det andra rummet. Bara lite. Abes erfarenhet sa allt han behövde veta om vad det leende betyder, Jamerson kunde ge en samma leende, och det var aldrig bra för vem det än var som satt i stolen.

"Can you bring a table in there?" Bishop tittar upp mot dörren när den öppnas och Jamerson och Dima kommer in. Jamerson ger Bishop en frågande blick, men Dima tittar bara på honom i några sekunder sedan sätter han sig på kanten på bordet som står vid dörren.

"Dimitri, Bring that table into the other room." Säger Översten. Dima bara nickar till svar och sedan lyfter han upp bordet och efter att ha knuffat upp dörren med foten så bär han ut det. Några sekunder senare öppnas dörren i förhörsrummet med en smäll, när Dima antagligen sparkar upp dörren, och sedan bär in bordet. Han ställer det framför mannen och ger honom en blick som inte på något sätt kan tolkas som något annat än *"You fucked up!"*. Sedan lämnar han rummet och stänger dörren bakom sig.

"Kill the light in there. Turn it back on 25 seconds after I enter." Säger Bishop och lämnar sedan rummet utan att säga mer. Översten sträcker sig och trycker på knappen och lamporna i förhörsrummet släcks. Några sekunder senare ser de hur dörren öppnas, bara så mycket att någon skulle kunna klämma sig in. Översten börjar räkna högt för sig själv. När han kommer till 25 så tänder han lampan igen.

Bishop sitter på kanten på bordet med ryggen mot dem. Han tittar studerande på mannen som rycker till när lamporna tänds och det sitter en man några centimeter från honom.

"Hello. My names is Bishop. But you can call me James." Bishops röst är som glas, helt len och utan känslor. Han ställer sig upp och går och hämtar en pall som stod i ett hörn. Han ställer ner den på andra sidan bordet och sedan sätter han sig på den. Han lägger kuvertet på bordet.

Mannen svarar inte utan tittar bara misstroget på Bishop. Bishop säger inget utan studerar bara mannen. Han tar fram en penna ur en innerficka på sin kavaj och ett litet block. Han fortsätter studera mannen i några minuter medans han skriver något på blocket. Sedan reser han sig och går fram till Spegeln och håller upp blocket mot rutan:

1 Glass of Water
1 Glass of Orange juice
1 Apple
1 Car battery and starter cables
1 packet of salt
1 spoon
Biggest kitchen knife you can find

"Figs and mice..." Jamerson skrattar till och både Abe
och Översten tittar frågande på honom. "He is playing the
mind game. I hope that guy has a wild imagination."
Jamersson fortsätter le.

Bishop går tillbaka och sätter sig på pallen igen, och
fortsätter att skriva saker i blocket.

"Make that list happen." Säger Översten.

Jamerson lämnar rummet, fortfarande skrattande. 5
minuter senare kommer han in i Förhörsrummet
skjutande en rullvagn övertäckt med en duk framför sig.
Han ger Bishop en gillande blick innan han lämnar
rummet.

Bishop studerar mannen framför sig under tystnad i
några minuter, sedan reser han sig och går bort till
vagnen, han lyfter undan duken sakta.
Han tittar på mannen medans han lyfter upp den stora
kökskniven, han granskar kniven i några sekunder sedan

lägger han tillbaka den på vagnen och tar upp äpplet och glaset med apelsinjuice och går och sätter sig på pallen igen.

Han tar en klunk av juicen innan han tar fram en kniv ur sin ficka och använder den för att skära av en bit av äpplet som han sedan stoppar i munnen. Han fortsätter att stirra på mannen och äta äpplet. Jamerson hade verkligen givit honom en omgång.

"So Simon, we can do this the easy way..." Bishop fäster mannen med blicken. "or the hard way." Han sneglar på sakerna som ligger kvar på vagnen.

"How do you know my name?" Stammar mannen fram som också sneglar på vagnen.

"Ohh he speaks!" James ger mannen ett leende. "I know many thing about you, Simon." Han fäller ihop kniven efter att ha torkat av bladet på sina byxor.

Han öppnar kuvertet som han lagt på bordet och tar fram en bunke papper. Han lägger ner något på bordet mellan dem. Simon tittar på pappret, Bishop lägger ett nytt papper ovanpå det första. Sedan ett till och ett till och ett till.

"Not very nice is it?" Bishops röst får en hård ton. "These are the kind of people that you used to kidnap someone's daughter, someone's wife. Because that is what happened isn't it?" Han lägger ett nytt papper på bordet. "You hired them to kidnap the woman so you wouldn't need to get your hands dirty... but the question is who hired you?"

Simon tittar upp från pappret på Bishop. Han sväljer hårt.

Bishop sneglar på sakerna som ligger på vagnen igen. Simon gör samma sak.

"You know, I lied. There is a third way. I can let the husband, or the father come in here and let them have a go at you. And they won't be as nice as the guy who was in here before." Bishops röst är helt tom på känslor och han lägger extra kraft i "nice" och "before", ett budskap som Simon verkar förstå. "They have a three-year-old son. A three-year-old that you could have made motherless."

Abe tittar på Översten som bara skakar på huvudet.

"Why is he here?" Abe tittar på Översten. "Bishop I mean."

"Mr DiAngelo sent him to discuss a few business things. When he heard what happened, he volunteered to help." Översten vrider på huvudet och tittar på Abe. "You look like you will keel over at any moment. Go to bed. This might take some time."

"No. I wanna stay." Abe sträcker på sig. Han var mycket riktigt väldigt trött, men han ville inte missa det här.

"Adrian, gå och lägg dig. Jag säger inte till dig en gång till!" Abe rycker till när Översten pratade, om det var för att han gick över till Afrikaans eller för att han kallade honom, Adrian visste han inte riktigt.

Abe nickar, sedan tittar han en sista gång in i det andra rummet innan han börjar gå mot dörren. Han stannar med handen på dörrhandtaget.

"How did you get three million dollars that fast?" Han tittar på Översten över axeln.

"From him..." Översten pekar på Bishop genom glaset.

Abe höjde frågande på ögonbrynet, men Översten ger honom en hård blick så han frågar inte mer. Istället öppnar han dörren och lämnar rummet.

Han går genom korridoren, det var så många tankar som flög genom huvudet på honom att han inte riktigt visste vad han skulle göra med dem alla.

Han går helt mekaniskt, alla frågor han hade gjorde att han inte märkte var han var förens han var framme vid dörren till det gästrummet som han delade med Ayanna. Försiktigt öppnar han dörren och kliver in. Zenta som ligger vid fotänden på sängen tittar upp för att kolla vem det var som kom in, när hon ser vem det är lägger hon ner huvudet igen och somnar om inom några sekunder. Abe tar av sig kläderna och kryper ner bredvid Ayanna i sängen. Han somnar inom några minuter efter att han lägger huvudet på kudden.

Abe vaknar till av lätta knackningar på dörren. Han hade sovit i några timmar, men det kändes inte som många. Ayanna hade vänt och vridit sig i sängen och vaknat skrikande flera gånger under natten.

Han reser sig sakta upp, och tar på sig ett linne på väg till dörren. Han öppnar den sakta och tittar ut. Utanför står Dima som ger honom ett trött leende.

131

"Come on, the colonel wants to see you." Säger han lugnt.

Abe nickar, och sedan stänger han dörren. Han går bort till högen på golvet som är hans byxor och skjorta. Sedan tittar han en sista gång på den sovande Ayanna och Jayvyn. Zenta som ligger på golvet bredvis sängen tittar frågande på honom, men lägger ner huvudet igen när han tecknade åt henne att stanna. Han går bort till dörren igen och öppnar den försiktigt.

Abe och Dima går längst korridoren och uppför en trappa till Överstens kontor. Dima öppnar dörren utan att knacka och efter att ha släppt in sig själv och Abe stänger han dörren. Inne på kontoret sitter Översten i sin stol bakom sitt skrivbord. I de två stolarna sitter 2 män, den ena är Bishop. Den andra känner Abe inte igen, även om han verkar bekant.

"Abe, sleep well?" Frågar översten.

"As well as can be expected..." Säger Abe trött.

"This is Junior, our newest recruit." Översten pekar på den nya mannen.

132

Junior reser sig ur stolen.

"Mischail, Mischail Romanov." Han sträcker fram handen mot Abe som tar den.

"Abe." Släpper handen efter att ha hälsat. "Romanov?" Han tittar över axeln mot Dima.

"Yes, that ugly son of a bitch is my big brother. Hence Junior." Junior ler. "I guess the three of you want to talk alone?" Han tittar på Översten som nickar utan att säga något.

Dima och hans bror lämnar rummet utan att säga mer. När dörren stängs bakom dem så pekar Översten på Stolen som Junior satt i. Abe sätter sig.

"Our guest talked." Säger Översten och häller upp tre glas från en av flaskorna som står på bordet. Abe höjer på ögonbrynet, det här kunde inte vara bra. "I'll let Mr Bishop fill you in."

"It's bloody simple actually. Traware Group, the PMC he worked for. Has been trying to get mining security contracts here in Africa for the last few years. About 6 weeks ago they were contacted by a man. Simon did not know the name of the man, or speak with him. The

133

owner, Jonathan Hawks, handled all that." Bishop tar upp sitt glas och smuttar på det.

"Hawks and Simon met this man at the Congress Hotel in Hannover, all tho only Hawks actually met him. The man wouldn't give his name, but according to Simon, Hawks said he seemed to just be the middleman. The man wanted them to do a job for the one he represented, and as payment they would get 5 milion dollars and the most lucrative Security contract in Africa."

"And the job was to Kidnap my wife and hold her for ransom?" Abe tittar på Bishop med en blick som var hälften vrede och hälften iver.

"No, not exactly. The job was to kidnap your wife, rough her up and then send her back with a message. Simon didn't know what the message was. Only Hawks knew, and he is dead." Bishop tittar på Översten.

"Yes, and unfortunately *we* did that. Hawks and Simon were at the warehouse. Hawks was killed in the attack." Översten tittar på Abe och sedan på Bishop.

"But those gangers?" Abe tittar på Översten. "Those were local thugs, not professionals."

"Yes, members of Hard Livings." Säger Översten och tar
en klunk från sitt glas.

"Hawks hired them to grab your wife. But then they went
rogue. The leader of this click, I'm guessing the same one
you spoke with on the phone, decided they wanted more
money so he called you about the ransom." Bishop ställer
ner glaset på bordet igen. "This pissed Hawks off, that's
why they were at the warehouse. To pay them and get
your wife so they could fix the problem."

"So we know nothing?" Abe tar upp sitt glas och sveper
det i en klunk. "The only man that knew any details is
dead!?" Han ställer sig upp och går och ställer sig vid
fönstret, han kokade inombords. Han står och tittar ut
genom fönstret i flera minuter. Han måste använda all
självkontroll han hade för att inte ta närmaste föremål
och slänga ut det genom fönstret. Efter en stund så
vänder han sig och går tillbaka till sin stol.

"Not quite." Säger Bishop. "A contact of mine, pulled the
hotel's security footage from the day of the meeting, and
found this." Han lägger ett foto på bordet.
"This is Simon and Hawks, as they checked in."

Abe tar upp fotot och tittar på det. Bishop lämnar över ett
nytt foto.

"This is the man, Hawks meet. They had the meeting in a private room at the bar."

Abe tar det nya fotot.

"After the meeting, Hawks went back to his room. But the man he met went to the restaurant and had a new meeting. With this man." Bishop lämnar över ett nytt foto till Abe. "I'm guessing this man is the real employer."

Abe tar fotot och tittar på det. Hans ögon vidgas och han sträcker över fotot till Översten. Översten tar fotot och tittar på det innan han nickar mot Abe.

"I guess you know him?" Frågar Bishop.

"Yes... His name is Osbourne..." Säger Abe med illa dold vrede i rösten.

"Ahh... So that's what he looks like... The coup?" Säger Bishop och tittar på Översten. Han vrider på huvudet och ser att Abe ger honom en frågande blick. "We got contacted about supplying an 'operation' with arms and other equipment, the contacter was less willing to tell us what for than he was telling us how much money we would be getting. So we snoped around, and found out it was for a coup in Equatorial Guinea. We said no. About 1 week later we got word that someone involved with said coup was arrested in Guinea. We have been trying to find him for a while. That coup would have been bad for business."

"Yes, that was Osbourne. And we were the ones who brought him in." Säger Översten och tar en klunk ur sitt glas. "They wanted us to plan and execute the coup, Abe was with me at the meeting."

"So this was a revenge job?" Bishop ställer ner sitt glass efter att ha tömt det. "But did he go after Ayanna because she is your daughter or because she is your wife?" Bishop tittar från Översten till Abe.

"Or both..." Säger Översten och ställer ner det tomma glaset.

Kapitel 5

Änglar från ovan

18 Augusti 2011, Erzurums Flygplats, Turkiet.

Abe och Parnell kliver av flygplanet tillsammans med de andra passagerarna. De går igenom passkontrollen, som alla andra. Bara två affärsmän på resa, som så många andra på flygplatsen. Efter de har tagit sitt bagage från bandet så går de mot huvudingången och ut från terminalen. Utanför ställer de sig och väntar. Abe tar upp en cigarett och tänder den. Han hinner ta några bloss innan en bil kör fram och parkerar framför dem. Abe fimpar cigaretten precis som dörren öppnas när Dima kliver ut.

"Welcome to Turkey gentlemen." Säger han och sträcker fram handen till Parnell och sedan till Abe.

"Dima." Säger Parnell när han tar handen.

"Get in. It's a three hour drive to Kars. A very boring three hours..." Han vänder sig om och kliver in i bilen igen.

Abe kliver in bakom Dima och Parnell går runt bilen och kliver in bakom föraren. Bakom ratten sitter Adams, och spelar med i trummorna från radion på ratten.

"Hey, Adams." Säger Abe. "What's up?"

141

"Abe, not much. The normal. Having to listen to Dima and Junior fight over everything." Adams tittar leende på Abe i backspegeln.

"Well, that's brothers for you!" Svarar Abe med ett leende.

"I wouldn't know man. I have 4 sisters." Adams skrattar högt. Sedan startar han motorn och kör iväg.

"So what's the plan?" Frågar Parnell. "Is everyone here yet?"

"Yepp. You two are the last ones." Säger Dima. "We found Avetisyan. He is in his mansion outside Ardahan. The Girl; Gayane is with him. Junior and Jamerson are at the safehouse in Bozukkale going over the plan. But it's going to be hot and heavy. They brought in the dakadaks."

"Both of them?!" Säger Parnell och tittar på Abe med ett höjt ögonbryn.

"Yepp. Apparently Mr Muradyan has a lot of leverage on someone." Svarar Dima. "Or someone just figured that it would be bad press if it came out that the nephew of a minister kidnapped the granddaughter of a former

Armenian General after almost beating his daughter to death."

Parnell visslar imponerat.

"Mr Muradyan, most really like his daughter."

"Or he hates his soon to be ex-son-in-law." Skrattar Dima.

"And that my friends is why I never fight with Ayanna!" Säger Abe roat.

De andra i bilen skrattar högt åt skämtet. Resan fortsätter med mindre allvarliga konversationer om allt möjligt, Dima hade rätt det var en lång och tråkig resa. Och det dröjer inte länge innan både Abe och Parnell har somnat i baksätet.

Nästan 3 timmar senare vaktar Abe till av att bilen skakar till när den svänger in på en gropig väg som leder upp till en liten gård några kilometer utanför Bozkale. När bilen stannar kliver alla männen ut och sträcker på sig.

Utanför ett av husen står Jamerson tillsammans med några andra och snackar om något. När bilen kör in på gården så går han mot den och hälsar nykomlingarna välkomna.

"Abe, Parnell." Han sträcker fram handen till dem var och en. "There are rooms in there. Your kits should be there too. Adams will show you. Get some food and rest. We are going hot tomorrow."

Abe och Parnell hälsar på Jamerson och sedan följer de Adams som leder dem in i ett av gårdshusen. Adams leder dem till ett rum och öppnar dörren åt dem.

"I think yours is on the right." Säger han och tittar på Parnell. "There are showers down the hall and to the right. Bathroom is on the left."

Parnell och Abe kliver in i rummet. Det var inrett som en typiskt vandrarhem. Med två våningssängar på varsin sida om rummet med ett bord mellan.

"Fancy place this."Säger Parnell och sätter sig på sängen. "Just the two of us?"

"Yeah. Apparently it used to be a hostel, or is a hostel. It was Mr Muradyan who fixed it for us. Chow is in that building, it's a couple of hours until then." Han nickar till dem och sedan lämnar han rummet och stänger dörren bakom sig.

Abe lägger sig ner i sängen. Den var bekväm, och han hade ont efter flera timmar på ett flygplan och sedan en lång bilresa. Det skulle bli skönt med lite ordentlig vila nu.

Parnell säger något innan han lämnar rummet, men Abe håller redan på att somna så han hör inte vad. Det var första gången sedan Ayanna blev kidnappad som Abe hade varit på ett uppdrag.

Han vaknar några timmar senare av att Parnell skakar om honom.

"Wanna go get some chow?" Frågar Parnell och nickar mot dörren.

"Yeah sure." Svarar Abe och reser sig ur sängen.

Tillsammans lämnar de rummet och går över till den andra byggnaden. Matsalen ser ut som en skolmatsal, med maten upplagd på stora fat som står i värmelådor. Men det luktar gott och de var båda hungriga. De tar upp mat på sina tallrikar och går och sätter sig vid ett av borden. De äter under tystnad, båda var fortfarande trötta.

När det nästan ätit klart kommer Jamerson och sätter sig bredvid Parnell.

"Did you get some rest?" Han tittar mellan de båda.

"Yepp. A few hours." Svarar Abe och tar en klunk Cola från sitt glas.

Parnell bara nickar till svar och fortsätter äta.

"How is Ayanna?" Frågar Jamerson och tittar på Abe.

"Getting better. Still has nightmares, but she is getting there." Svarar Abe.

"Good, she is strong." Jamerson klappar Abe på axeln. "Check your kit, then get some more rest. Briefing is at 9 tomorrow." Han reser sig och går därifrån.

"He is nervous..." Säger Parnell och följer Jamerson med blicken.

"Yeah. 12 milion is alot of money, and we are royally screwed if we fuck this up." Svarar Abe och tittar på Parnell. "Also... he is getting old." Abe ler.

"Ohhh... don't let him hear you say that." Parnell ler brett. "Are you done?"

"Yeah. Let's go back." Svarar Abe och ställer sig upp. Han och Parnell går tillbaka till sitt rum och börjar packa upp sina väskor. Abe öppnar vapenväskan och lyfter ur Sig 550an. Han öppnar den andra väskan och lyfter ut västen. Han kollar så att alla magasinen är laddade sedan stoppar han tillbaka dem in sina fickor. Bakom sig hör han hur Parnell gör samma sak med sin utrustning. När de är klara och har lagt ut allt på överslafen så lägger de sig ner i sina sängar. Det tar inte många minuter innan de båda har somnat.

---

19 Augusti 2011, Bozukkale, Turkiet.

Abe vaknar med ett ryck, och ligger och tittar in i botten på sängen ovanför i det mörkret. Allt är tyst förutom Parnells snarkningar från andra sidan rummet. Abe sätter sig sakta upp i sängen och lägger ansiktet i händerna i några sekunder innan han sträcker sig efter sin klocka som ligger på bordet mellan sängarna. Klockan var tre.

Han svänger benen över kanten på sängen och reser sig sakta upp. Efter att ha tagit på sig byxorna så går han så tyst han kan mot dörren som han öppnar försiktigt och går ut i korridoren utanför rummet och ner mot toaletterna.

Han fyller ett av handfaten med kallt vatten och börjar skölja av sitt ansikte. Han möter sin blick i spegeln. Ögonen som tittar på honom kändes främmande, som om det var någon annans ögon.

Drömmarna eller mardrömmarna hade kommit tillbaka. Alltid samma dröm, samma lagerlokal. Och där mitt på golvet, det enda i lokalen som var upplyst ligger Ayanna. Ayanna död, hennes ögon stirrande glasartat rakt ut i luften. Inte tomma, utan fyllda med anklagande frågor. "Varför kom du inte?", "Varför?".

Abe sluter ögonen och stänker mer vatten i sitt ansikte. Han står i flera minuter och tittar på den grumliga spegelbilden av hans ansikte i vattnet i handfatet. Han tar en sista titt i spegeln innan han lämnar toaletten och går ut, han vandrar ner längst korridoren förbi sitt rum och vidare ut ur huset. Luften var sval, här ute var det också tyst förutom ljuden från nattaktiva insekter och fåglar från skogarna runt husen.

Han hittar en bänk vid sidan av huset som han sätter sig på. Ur ena fickan på byxorna tar han fram cigarettpaketet och tändaren. Han stoppar tillbaka tändaren och paketet i fickan efter att ha tagit en cigarett och tänt den. Med ett djupt bloss så lutar han sig tillbaka mot väggen och sitter och tittar upp mot en stjärnklar himmel.

Han sitter länge och bara stirrar mot himlen innan han till slut reser sig och återvänder till sitt rum. Han tittar på klockan en sista gång, nu var den nästan halv fem, innan han lägger sig. Han vet inte hur länge han ligger och stirrar ut i mörkret innan han somnar.

I ett rum på en skepp i Batumis hamn sitter Johnny och stirrar på en grupp med svarta skärmar. Bakom honom går Jackson fram och tillbaka i det lilla rummet, med en telefon tryckt mot örat.

"Yes sir, I promise we will be in international water when the helikopters lands. But they will have too fly over your airspace to get there..." Jackson är tyst medans han lyssnar.

"Yes sir. 2 million dollars and 4 more in the offshore account just as we promised..." Han är tyst igen. "Thank you sir and good day." Jackson lägger på och slår genast ett nytt nummer.

"It's Jackson. Admiral Kapnadze is on board. You are cleared." Sedan lägger han på.

"Okey, light em up!" Jackson ställer sig i mitten av rummet och tittar på skärmarna samtidigt som han tar på sig ett headset.

Feeden från drönaren visas när skärmarna sprakar till liv. På den ena gruppen skärmar syns huset som målet befinner sig i.

"Go tell the captain to cast off. We need to be in international waters as soon as possible." Säger han till sjömannen som stod i hörnet av rummet. Mannen lämnade genast rummet och några minuter senare kände de hur skeppet skakade till när bog propellrarna börjar knuffa skeppet ut från kajen.

Jamerson lägger på luren.

"Okay, we are go!" skriker han rakt ut. Samtidigt som han snurrar med handen som signal till piloterna i de två helikoptrarna som står parkerade runt honom. Gruppen med operatörer som han haft framför sig börjar kliva ombord på någon av helikoptrarna.

"Mr Muradyan, please get in." Jamerson lägger en hand mot Muradyans axel och pekar med andra handen på den närmaste helikoptern. Båda männen kliver ombord och dörrarna stängs bakom dem. Några sekunder senare lyfter helikoptern.

Mr Muradyan tittar sig runt i helikoptern. Alla i lastutrymmet, både kvinnor och män utstrålar samma lugn. Det var tydligt att det här var deras vardag. De var vana vid sådant här. Överstens folk var proffs och det syntes tydligt.

Jamerson sitter bredvid Muradyan med en laptop i knät som han knappar på. Han sträcker sig efter ett headset och pekar på ett likadant som hänger framför Muradyan. Muradyan sätter det på sig och tittar sedan på skärmen till laptopen i Jamersons knä.

Hayk Avetisyan går runt inne på sitt kontor i sitt stora hus en bit utanför Ardahan, han svettades och kunde inte riktigt hålla tankarna fokuserade. Om och om igen så stirrade han på telefonen som han hade i handen. Varför dröjde hans kontakt, varför ringde han inte. Avetisyan behövde komma härifrån och det fort.

Han rycker till när det knackar på dörren och en av hans livvakter sticker in huvudet.

"Herrn, bilarna är redo." Säger mannen med den släpiga Arameiska dialekten som talas i södra delarna av Armenien.

"Bra. Hämta Gayane. Vi ger oss av genast." Säger Avetisyan och livvakten försvinner genast. Avetisyan börjar samla ihop papprena som ligger på hans skrivbord och lägger ner dem i sin väska. Sedan lämnar han rummet. Utanför står en annan livvakt och tillsammans börjar de gå genom huset mot ytterdörren. När de nästan är framme så kommer den andra livvakten dem till mötes med Gayane.

"Kom hjärtat, vi ska ut och åka!" Säger Avetisyan med ett leende till sin dotter.

"Ska vi åka till mamma nu?" Frågar Gayane med begynnande tårar i ögonen. *"Jag vill åka till mamma!"*

"Snart hjärtat, snart ska vi åka till mamma. Men nu ska vi först åka och träffa en av pappas kompisar." Avetisyan fortsätter le medans han för Gayane ut ur huset och till de tre bilarna som väntar där. Han låter Gayane kliva in först i baksätet på den mittersta bilen sedan kliver han in själv. Dörren stängs bakom honom och några sekunder senare kör de tre bilarna ut från gårdsplanen och vidare ut på vägen.

"We have movement, he is leaving..." Säger Jackson in i headsetet. "Three vehicle convoy. Bluebird is in the left side back seat behind the driver. Hoghead is in the right backseat behind the vehicle commander."

"Roger, confirm the left side back seat..." Svarar Jamerson över radion.

Jackssn lägger handen Johnnys axel, som börjar knappa på tangentbordet. Feeden från drönaren splittras till en av de andra skärmarna och börjar spola tillbaka.

"Confirmed, backseat left side." Säger Jacksson. "They are heading west on the D010."

Jamerson knäpper över sitt headset från radion till intercomen.

"Listen up" Alla ansikten vändes mot honom. "Three vehicle convoy, HVTs are in the backseat of the middle car. Silver SUV. Bluebird is on the left side, behind the driver. We are going in hot, HVTs must be taken alive, all others are to be killed on sight. AirOne, AirTwo, point alpha."

"AirOne, Roger point Aplha" Svarar Xavier som flyger deras helikopter.

Några sekunder senare bekräftar även Simone, som flyger den andra helikoptern.

Flygturen fortsätter ryckigt när piloterna följer terrängen på så låg höjd som de vågar. Vilket var lägre än vad som kanske var att rekommendera.

Jamerson tittar på Muradyan som sitter bredvid honom. Man kunde inte utläsa mycket annat än kylig fokus ur mannens ansikte, men Jamerson var tillräckligt bra på att läsa folk för att se de små tecknen. Mannen var nervös. Vilket inte var så konstigt. Gayane var hans enda barnbarn. Och efter vad Avetisyan hade gjort med Naira, Muradyans dotter, när han hade tagit deras dotter så förstod Jamerson att han var nervös över vad Avetisyan kunde tänka ta sig till.

"Two minutes to point Alpha!" Kommer Xaviers röst över intercomen.

Jamerson nickar kort innan han repeterar meddelandet.

"Two Minutes!" Han tittar runt i utrymmet.

"Lock and load!"

Parnell tittar på Abe och nickar med ett leende. Abe besvarar både nicken och leendet. Parnell går och ställer sig vid Kulsprutan som sitter monterad i ett av fönstrena i hytten. Abe går förbi Jamerson och Muradyan och sätter sig ytterdörrarna. Han fäster en vajer mellan sidorna på dörröppningen innan han trycker på knappen som öppnar dörr luckorna. Han sätter sig platt på helikopterns durk och lägger upp 550n mot vajern. Han sätter på sig ett headset och pluggar in det i en kontakt som sitter bredvid dörren, plötsligt känner han en hand på sin axel och han vrider på huvudet. Han ser att Muradyan lutar sig fram och håller kvar handen mot hans axeln. Muradyan säger inget, men blicken han ger Abe förmedlar ett budskap som Abe förstår mycket väl; *"Missa inte"*. Abe besvarar blicken med en nick och ett leende. Muradyan lutar sig tillbaka i sätet igen.

Genom dörröppningen ser Abe hur horisonten byts mot klarblå himmel när helikopter gör en kraftig gir.

"Visual on target convoy. 200 meters and closing."
Xaviers röst kommer över intercomen igen.

Helikoptern för en ny gir och Abe ser hur tre bilar sveper förbi dörröppningen.

"AirTwo, take out the escort vehicles!" Säger Jamerson in i radion. "AirOne block the road."

Abe ser hur den andra helikoptern sveper förbi och sekunderna senare kan han se hur den främre bilen svajar och kör av vägen när kulorna från kanonen i helikopterns nos gör en linje med hål rakt över främre delen av hytten. AirOne, gör en till gir och stannar sedan hovrande några meter ovanför marken. Samtidigt så förstör AirTwo den andra bilen med några väl placerade raketer. Men Abe ser det knappt, han har fokusen genom siktet mot föraren i den kvarvarande bilen.

"A head three..." Säger han in i radion. Helikoptern flyttar sig framåt. "Perfekt." Han trycker av. Kulan går igenom rutan och träffar föraren i pannan strax ovanför höger öga. Bilen svajar till och rullar några meter framåt innan den stannar.
Helikoptern går in för landning.

Avetisyan sitter i bilen och tittar ömsomt på bilderna i mappen han har i knät, ömsomt ut genom fönstret och ömsomt på Gayane som sitter ihopkrupen i sätet bredvid honom.

Han flyttar blicken till bilderna igen. För några dagar sedan så hade en grupp med väldigt uppenbara militärer dykt upp på ett vandrarhem några timmar söderut. Ett vandrarhem som råkade ägas av hans svärfars eller före detta svärfars familj. Avetisyan trodde inte på slumpen, speciellt inte som ingen av hans kontakter i den Turkiska militären ens svarade honom när han ringde längre.

Han tittar på Gayane igen. Hans dotter, som hans mamma hade tänk hindra honom från att någonsin träffa igen. Så han hade gjort vad han hade känt att han måste göra.

Han rycker till när hans mobil började ringa. Han tar upp den och tittar på skärmen för att läsa numret, det är hans kontakt som ringer.

"Det var på tiden! Jag sa åt dig..." Säger han argt men tystnar sig när mannen på andra sidan avbryter honom. *"Vad sa du?!"*

"Männen, soldaterna är borta! Vandrarhemmet är helt tomt på folk! Där är ingen där!" Säger mannen på andra änden av luren med samma dialekt som hans livvakt.

"Var är dom?!" Avetisyan kände hur svetten började rinna ner för pannan.

"Jag vet inte, men det ser ut som om de lämnade stället med helikoptrar för deras bilar är kvar, och jag tror inte de tänker komma tillbaka!" Mannen låter nervös.

När han hör ordet *helikoptrar* så börjar Avetisyan omedvetet kolla ut genom alla fönster upp mot himlen. Han säger inget mer utan lägger på. Han fortsätter titta ut genom fönstrena, maniskt spanande mot horisonten. *"Snabba på!"* Säger han till livvakten i fram som repeterar ordern över radion. Avetisyan trycks mot ryggstödet när konvojen som en enhet börjar accelerera. Hans livvakter var proffs, handplockade från den enheten han själv hade varit befäl över innan, innan han hade gått in på sin nuvarande mer lukrativa bana. Men var de vältränade nog?

Plötsligt dyker två attackhelikoptrar upp över krönet på hans högra sida. Två Mi-24 Hinds, av den Sydafrikanska modellen. Vad var det för folk hans svärfar hade anlitat? Warfare Operations?.. Det måste det vara!

Båda helikoptrarna sveper över dem på låg höjd och Avetisyan följer dem med blicken, tills de delar på sig och flyger åt varsitt håll. Gayane rycker till när helikoptrarna flyger över bilen, hon sitter och stirrar runt sig men säger inget.

Plötsligt hörs ljudet av eldgivning från en automatkanon och Avetisyan ser på när en salva sveper över främre delen av hytten på bilen framför. Gayane börjar gråta och skrika, men han kan inte urskilja vad det är hon säger. De rycker båda till när bilen bakom dem exploderar. Den andra helikoptern sjunker ner över vägen framför och blockerar deras färd. Helikoptern stannar, sedan börjar den sakta röra sig framåt.

Han tittar bakåt mot platsen där den andra bilen nu ett brinnande vrak hade stannat, när han vrider tillbaka huvudet känner han plötsligt hur något vått och kladdigt träffar honom i ansiktet, och när han lyckats torka det ur sina ögon så ser han hur föraren har blivit skjuten och det som träffade honom i ansiktet är blod. Bilen rullar sakta framåt tills den stannar.

Livvakten kliver ut men blir genast skjuten av soldaterna som kommit ut ur helikoptern som nu har landat framför dem. De oskadliggör livvakterna som fortfarande levde i den främre bilen och sedan så börjar de omringa hans bil. Han ser hur en man, kommer gående mot hans dörr. Det han gjorde sen förstod han inte riktigt, men det skulle hemsöka honom resten av hans liv.

159

Jamerson hoppar ut tillsammans med de andra så snart helikopterns hjul snuddar vid marken. Han skyndar sig runt helikoptern och kommer runt samtidigt som Dima och Junior oskadliggör livvakten som precis hade klivit ut ur bilen, efter att ha dödad de som var levande från den främre bilen så börjar gruppen omringa bilen som Avetisyan sitter i.

AirTwo fortsätter cirkulera runt dem.

Jamerson tittar på bilen, som nu är helt omringad. Med sin pistol framför sig så går han mot den och den närmaste passagerardörren. Han ser hur Avetisyan tittar runt omkring sig på det som händer, och soldaterna som omringar han bil. Jamerson närmar sig dörren. Plötsligt sliter Avetisyan till sig flickan och håller henne framför sig som en sköld samtidigt som han plockar fram en pistol. Jamerson stannar tvärt och håller upp handen.

"All stop!" Han tittar sig runt samtidigt som han sänker handen. Han stoppar pistolen i hölstret och sedan håller han upp båda händerna så att Avetisyan kan se dem, rutan till bagageutrymmet på den här sidan är sönder, antagligen från Abes kula.

"Don't do anything stupid Mr Avetisyan." Säger Jamerson och tar sakta ett steg närmare. "I know you don't want to hurt you daughter..."

"Don't come any closer!" Skriker Avetisyan med ett krampaktigt grepp om pistolen med ena handen och Gayane i andra.

Jamerson stannar och fortsätter hålla upp händerna framför sig.
"*Abe...*" Säger han tyst på Afrikaans.

"*Jag kan inte göra något... Jag kan inte träffa honom utan att riskera att träffa henne...*" Svarar Abe över radion.

"*Säg åt Muradyan att slå över till radion...*" Jamerson tittar sig runt. Bilen är omringad, Avetisyan kan inte komma ut, och kan inte röra sig inne i bilen utan att någon får ett tillfälle att skjuta, men är det någon av dem som kan göra det utan att träffa flickan?

"What's happening, Mr Jamerson?"" Muradyans röst kommer över radion.

161

"Avetisyan has the girl. He is using her as a shield."
Säger Jamerson.

"Is that Muradyan? Did he hire you to kill me?" Avetisyan skriker inifrån bilen.

"No. Not to kill you, he just wants his granddaughter back..." Jamerson tar ett steg närmare bilen. "Let her go and you can walk. We will just take her and leave." Ett steg till.

"Don't come closer!" Avetisyan riktar pistolen mot Jamerson och sedan mot Gayanes huvud.

"If you must... kill him... just save my granddaughter!" Muradyans röst är full av lika delar sorg och vrede.

"I'm coming up behind him... keep him focused on you." Juniors röst kommer tyst över radion. "Is the door locked?"

Jamerson tittar på Avetisyan, och sedan flyttar han blicken försiktigt så att Avetisyan inte ska se det till dörren bakom honom.
"No... No Mr Avetisyan. You don't want to harm your daughter. We both know that. But I won't come closer. Please give me the girl and we will leave...." Genom

fönstret bakom Avetisyan så ser Jamerson hur Junior sakta närmar sig.

"Do something to keep him focused on you in 5... 4..." Junior sträcker försiktigt fram handen och tar tag i dörrhandtaget. "3...2...1"

Jamerson tänker inte, han agerar. Han tar ett stort steg framåt och för handen mot sin pistol. Det var en chansning, men det fick önskat resultat. Avetisyan höjer pistolen mot honom och trycker av. Jamerson känner hur kulan träffar hans väst, strax under hjärtat. och han tar ett steg bakåt. I samma sekund så rycker Junior upp dörren och sliter både Avetisyan och flickan ut genom öppningen. Junior trycker sin pistol mot Avetisyans öga.

"Kom igen... gör något dumt... ge mig ytterligare en ursäkt att döda dig..." Säger Junior på Armeniska. Avetisyan slänger pistolen och släpper flickan.

Dima som följt Junior på håll springer fram och lyfter upp flickan, medans Junior hårdhänt vänder på Avetisyan och binder fast hans armar bakom ryggen med buntband. Sen reser han honom till stående och tillsammans går de runt bilen.

"I said do something... Not do something stupid!" Säger Junior med ett leende till Jamerson som står och gnider sig på bröstet under västen där kulan träffade.

"Well it worked didn't it?" Jamerson ler svagt... Junior hade rätt det var dumt gjort. "Get that asshole on AirTwo. Dima take the girl to her grandfather." Jamerson höjer handen och snurrar den över sitt huvud och soldaterna börjar röra sig mot helikoptern, några följer Junior för att hjälpa till med vaktandet.

"Will do." Säger Junior och knuffar Avetisyan mot en öppnare plats. "AirTwo. Pick up." Säger han in i radion.

"Coming in." Svarar Simone några sekunder senare och strax efter går den andra helikoptern in för landning.

Dima och Jamerson går till AirOne och efter att Dima har lyft in flickan som genast springer till sin farfar så hoppar de in själva. När alla är inne så lyfter helikoptern och flyger iväg. Strax får de sällskap av den andra helikoptern.

Flickan sitter tyst och trycker sitt ansikte mot Muradyans bröst, medans han lugnande smeker hennes hår. Ingen av dem säger något.

Jamerson tar upp telefonen och slår ett nummer sedan sätter han luren mot örat. "We are on the way, all set?" Frågar han när någon svarar. "Good. See you soon."

Jackson går ner för korridoren inne i skeppet, han kommer fram till en dörr och knackar lätt på den. Strax efter så öppnas dörren försiktigt.

"Miss. They are on their way here. They should land in about 15 minutes." Säger han med ett leende till kvinnan som öppnar.

"Is everything okay? Is she safe?" Frågar kvinnan oroligt.

"Yes, Ma'am. She is safe and sound." Jackson ler lugnande. "Stay here. I will send someone to get you when they land."

Kvinnan nickar och stängde sedan dörren. Jackson fortsätter längst korridoren till trappan som går upp på däck.

Han står ute på däck och spanar mot horisonten. Det var en frisk dag, varm men med en del blåst. Han ser två prickar som närmar sig, två prickar som flyger lågt över vattnet.

"Johnny, get Miss Muradyan. They are almost here." Säger han in i sin radio. Han följer de två prickarna med blicken. Ju närmare de kommer desto tydligare blir de. Snart kan han se de familjära konturerna av två Mi24or.

Nästan samtidigt som de två helikoptrarna flyger över båten så kommer Johnny och Naira ut på däck. Den ena helikoptern kommer ner för landning medans den andra väntar hovrande några meter ovanför vattenytan på ena sidan. Jackson skakar på huvudet. Den enda piloten i hela organisationen som var tokigare än Xavier var Simone.

Så fort helikoptern landat så öppnas luckorna, det första som kommer ut ur luckan är Parnell, som genast vänder sig om och tar emot den lilla flickan och hjälper henne ner på däck. Flickan väntar knappt på att hennes fötter ska nudda däcket innan hon springer så fort som hennes små ben kan bära henne mot sin mamma som står bredvid Johnny. Naire böjer sig ner och fångar flickan som kastar sig i hennes famn. Muradyan gör dem sällskap några sekunder senare och Johnny leder dem in i båten.

"Okay, Simone. Bring her in." Säger Jackson in i radion. Några sekunder senare så stiger den andra helikoptern och efter ytterligare några minuter så står båda helikoptrarna på däck. Och folk håller på att lämna dem.

"Okay. Stow the helos." Säger Jamerson som går fram till Jacksson. "And get that asswipe into his cell." Han pekar på Avetisyan som just då lyfts ut ur AirTwo av Junior och en annan.

Jamerson och Jackson lämnar däck tillsammans med Junior, Dima, Parnell och Abe. Dima och Junior släpar Avetisyan mellan sig. De går tillsammans längst med korridoren och ner i det bakre lastutrymmet. Där mitt på golvet står en container. Abe öppnar dörrarna och Dima och Junior slänger in Avetisyan innan Abe stänger dörren och låser den.

"Turn det lights on." Säger Jamerson, och strax efter så tänds 4 stora lampor som alla är riktade mot containern. "I'll be right back." Säger han till Parnell.

Parnell och Junior går och sätter sig på varsin stol som står vid ett bord en bit från container.

"You two come with me." Säger Jamerson till Dima och Abe. Han tittar en sista gång på containern innan han börjar gå mot dörren ut ur lastrummet.

Johnny öppnar dörren till en av de större hytterna.

"I will make sure someone brings your things here." Säger han till Naira. "You can all rest, if you need it. I'm sure Mr Jamerson will be here soon."

"Thank you." Säger Naira och ger Johnny ett trött leende.

Jackson stänger dörren och börjar gå ner för korridoren mot trappan som leder ner till lastutrymmet. När han närmar sig trappan så kommer Jamerson tillsammans med Abe och Dima upp för den.

"They are in the cabin. I told them you would join them soon." Säger han till Jamerson.

"Good. Avetisyan is in the container. I will join you after I'm done here." Jamerson ler. "Come on." Han fortsätter ner för korridoren tillsammans med Abe och Dima.

När han kommer fram till dörren till hytten så stannar han. Han tar ett djupt andetag innan han knackar på och öppnar dörren.

Inne i hytten sitter Naira i en av sofforna med Flickan i famnen. Muradyan går fram och tillbaka i hytten.

"I hope everything is in order?" Säger Jamerson med ett brett leende.

"Yes, everything is fine. Mr Jamerson." Säger Muradyan. "Sorry, I never liked being on the water. It does not agree with me." Han ger Jamerson en svagt leende.

"I know the feeling." Svarar Jamerson leende.

Flickan, Gayane tittar up. Hon tittar mellan Abe, Dima och Jamerson. Sedan upp på sin mamma.

"Dom kom från himlen, mamma. Som Änglar från ovan." Säger hon på Armeniska och ger Jamerson en brett leende.

"Ja, mitt hjärta. Som änglar." Säger Naira och kramar henne hårt.

"There is food in the mess hall. If you are hungry." Säger Jamerson och besvarar flickans leende.

"Gå och ta något att ät. Jag kommer strax." Säger Muradyan till Naira. *"Jag ska bara prata lite med Herr Jamerson och hans kollegor."*

Naira reser sig upp och börjar gå mot dörren tillsammans med Gayane. Gayane släpper sin mammas hand och springer fram till Dima och kramar om hans ben, Dima lösgör henne med ett leende och sätter sig sedan på knä så hon kan kram honom ordentligt.

"Gå med din mamma nu." Säger han med ett leende till henne.

Gayane går tillbaka till sin mamma och tillsammans så lämnar de hytten. Jamerson tittar på dörren i några sekunder innan han vänder sig till Muradyan.

"We will be in Istanbul in about three days. Here are your plane tickets, new passports and visas. Everything is ready. This is Abe and Dima. They will accompany you on your trip to South Africa, to make sure you get there safe and sound." Han lämnar över ett brunt kuvert till Muradyan.

"Thank you, thank you for everything you have done."
Säger Muradyan med ett leende som utstrålar lättnad
och tacksamhet.

"It's just part of our job Mr Muradyan." Jamerson
besvarar leendet. "But there is something else."

"Yes?" Muradyan tittar frågande på Jamerson.

"What do you want to do with him..." Sättet Jamerson
uttalar ordet *han*, lämnar inga tvivel på vem det är han
syftar på.

"I wanted him to live. To go back to Armenia and stand
trial for his many crimes. But after what he did.
Threatening to kill Gayane, his own daughter..."
Muradyan tittar mellan Jamerson och de andra. Han går
och sätter sig i soffan och lägger ansiktet i sina händer.

Muradyan sitter och stirrar på golvet genom sina fingrar i
flera minuter. Han höjer sakta huvudet och tittar först på
Jamerson och sedan på Dima och Abe.

"I want him gone..." Säger Muradyan efter ett tag. "I don't
want him to ever be able to harm my daughter or
granddaughter again."

22 Augusti 2011, Istanbul, Turkiet.

Dima och Abe vandrar ner för landgången med Naira,
Gayane och Muradyan mellan sig. Vid slutet på
landgången så står två bilar parkerade. Runt bilarna står
flera personer.

Abe kliver fram till den främre av bilarna och öppnar
bakdörren så att Muradyan och de andra kan kliva in.
Sedan kliver in han själv in i fram. Dima kliver in i
framsätet på den bakre bilen. Strax efter så kör bilarna i
väg i riktning mot Sabiha Gökçen Flygplatsen.

Färden fortsätter under tystnad. Muradyan sitter och
tittar ut genom fönstret. Naira och Gayane sitter och
håller om varandra.
Abe tittar på människorna och bilarna när de passerade
utanför bilens fönster. En del av honom var på plats, och
kollade av alla människor och alla bilar. Men en del av
honom var långt borta i tankar om det som hade hänt för
några månader sedan, och hur mycket den situationen
liknande den situationen som passagerarna i baksätet
hade varit i för mindre än 1 vecka sedan. Han visste att

det inte hjälpte varken honom eller hans uppdrag att tänka på detta nu, men han kunde inte hindra sig själv ifrån att börja och när han väl börjat så kunde han inte sluta.

Efter cirka 40 minuters färd så stannar bilarna utanför den stora terminalen på flygplatsen. Abe öppnar sin dörr och kliver ut, efter att ha tittat runt lite så öppnar han bakdörren och släpper ut Muradyan och de andra. Och tillsammans går de in i byggnaden.

Efter att ha checkat in sitt bagage, och passerat säkerhetskontrollen så går de vidare in i väntsalen. De avnjuter en god lunch på en av flygplatsens finare restauranger, innan de kliver ombord på planet som ska ta dem på första delen av deras resa.

För Abe och Dima, så var det bara en jobbresa.
Men för en liten flicka, var det starten på hennes nya liv.

---

28 Augusti 2011, Någonstans på medelhavet.

Jamerson står tillsammans med Jackson och Parnell på däck och tittar på medans några av sjömännen håller på att säkra en container så den kan lyftas ut det bakre lastutrymmet. Männen jobbar snabbt och effektivt, och det tar inte många minuter innan containern börjar hissas upp ur lastutrymmet. När den har kommit hela vägen upp så börjar kranen svänga och stannar sedan med containern hängande ut över havet. Jamerson tittar på containern och nickar sedan mot mannen som sitter i hytten på kranen. Ljudet att vajrar som slackar av fyller luften, sekunderna senare slår containern i vattnet. Den gungar fram och tillbaka och upp och ner i vågorna och sjunker sakta allt medans vatten strömmar in genom hålen som var borrade i dess sidor. De tre männen går fram till relingen och tittar på containern medans den sjunker. Efter några minuter så försvinner den under ytan.

"I hope he doesn't hit any submarines on his way to the bottom..." Säger Parnell och ler.

"I will never understand your sense of humor, Parnell." Säger Jamerson.

"That's because you are not from Texas." Parnell skrattar mer.

"I'm from Texas, and I don't understand it either..." Säger Jackson.

Vilket framkallar ett kort skratt från både Jamerson och Parnell. De står och tittar på platsen där containern sjönk i ytterligare några minuter innan de går in i båten igen.

Epilog

Möte med framtiden, och en hämnd serverad varm

---

2. A mercenary is also any person who, in any other situation:

(a) Is specially recruited locally or abroad for the purpose of participating in a concerted act of violence aimed at:

(i) Overthrowing a Government or otherwise undermining the constitutional order of a State; or

(ii) Undermining the territorial integrity of a State;

(b) Is motivated to take part therein essentially by the desire for significant private gain and is prompted by the promise or payment of material compensation;

(c) Is neither a national nor a resident of the State against which such an act is directed;

(d) Has not been sent by a State on official duty; and

(e) Is not a member of the armed forces of the State on whose territory the act is undertaken.

United Nations Mercenary Convention

11 Oktober 2011, Golfbanan Anfi Tauro, Gran Canaria.

Abe stod lutad mot golfbilen och tittade vant runt i landskapet. I bilen satt Dima och såg ut som han gjorde något viktig. En bit bort stod ytterligare två golfbilar. I den ena sitter Parnell och läser en golftidning bredvid Junior som ritar i sitt block som han alltid verkar göra, för den oinvigde såg de ut som 4 uttråkade personer, men för den invigde syntes de tydliget att de 4 männen hade koll på allt som hände i närheten. På teen ytterligare en bit bort stod Översten och förberedde sig för att slå ut medans han och Archangel diskuterade vad det nu än var de diskuterade.

Abe avskydde personskydd uppdrag av den här typen, där han och de andra var där mer för att det skulle se bra ut, än för att det fanns någon verkliga fara.

Översten och Archangel var bara två viktiga personer som diskuterade viktiga saker på en golfbana och då skulle man, tydligen, ha med sig lite livvakter för att man skulle se ännu mer viktig ut. Abe ler lite för sig själv.

Han hade försökt snacka sig ur att följa med på den här resan, han var trots allt prickskytt och gjorde sig bäst på långa avstånd. Men Översten hade påmint honom, lite mer skadeglatt än nödvändigt, att det faktiskt var hans fel att de behövde en ny leverantör av vapen och dylikt, eftersom det var Abe som hade sprängt deras förra i luften.

Översten slår ut sin boll och flyttar på sig för att låta Archangel slå ut sin. Efter att båda har slagit ut sina bollar går de två männen bort till sin golfbil och kör iväg ut på banan. Abe och de andra följer efter dem i sina bilar.

"So Colonel, what is it you want?" Frågar Archangel med ett roat leende. Ett sådant som sa att han redan visste, men ändå ville höra den andra säga det.

"We need a new supplier of weapons and other things." Översten stannar bilen en bit ifrån sin boll och kliver ur.

"What happened to Ajiff?" Archangel sitter kvar i bilen, och studerar Översten noga. "I thought you two had a stable relationship."

Översten slår ut sin boll och går mot bilen, han viftar med handen åt Archangel som flyttar sig till förarsätet. "Yes, we did. But then he made a few bad choices and ended up dead."

"Ahh yes. I heard. It seems your Swedish friend back there has every bit the temper that the rumors say." Archangel stannar en bit ifrån sin egen boll och kliver ut och går bort och slår iväg den mot greenen, innan han återvänder till bilen och kör iväg i riktning mot Överstens boll.

"That he does, that he does. It must be the French in him." Översten och Archangel skrattar lätt.

Mötet och samtalen fortsätter i samma rytmiska följd. Bollar slås iväg, bilar körs en bit för att stanna, om och om igen i en lång kedja av händelser.

En stund senare avslutar Översten rundan när han slår bollen i 18:e hålet. Det hade varit ett framgångsrikt möte, med vad som förhoppningsvis skulle vara en ljus framtid. Båda männen tar sina bollar och kliver in i golfbilen och kör tillbaka till klubbhuset. Med Abe och de andra i släptåg.

När de kommer fram till klubbhuset så går Översten och Archangel in och avnjuter en fin lunch i restaurangen, medans Parnell och Abe står vid baren och håller ögonen på folket.

Archangel ställer ner sitt vinglas. Maten hade varit superb som vanligt. Det här var en bra restaurang. "Mr Bishop asked me to give you this." Archangel sträcker fram ett rött kuvert till Översten. "He said something about a person of mutual interest to both our organizations."

Översten tar emot kuvertet och öppnar det, han ögnar igenom innehållet i några sekunder innan han stänger det igen och stoppar det i bröstfickan på sin skjorta.

"Thank you. And tell Mr Bishop I hope it was not too hard to find." Översten tar en ny tugga av sin mat.

"No. It's a special talent Mr Bishop has, to find people that don't want to be found. I'm sure it wasn't hard at all." Archangel tar upp sin gaffel och fortsätter äta.

Männen fortsätter sin lunch med fortsatta samtal om allt mellan himmel och jord. När båda är klara så reser de sig upp och efter att ha skakat hand så lämnar de resturangen åt olika håll. Översten går bort till baren och ställer sig bredvid Abe. Han tar upp kuvertet ur fickan och lägger det på bardisken.

"A Gift from Mr Bishop." Säger han och tittar på Abe. "Start planning. Let's go back to the hotel." De tre männen lämnar klubbhuset tillsammans och kliver in i sin bil och åker tillbaka till hotellet.

Senare möts Parnell och Abe i Parnells hotellrum. Abe tar fram kuvertet och tar ut innehållet.

"Where are we going?" Frågar Parnell.

"Iraq." Svarar Abe som fortfarande läser pappret som låg i kuvertet.

---

4 November 2011, Bagdad, Irak

Abe gick försiktigt upp för trappan i det gamla huset i centrala Bagdad. Bakom sig hade han Johnny. Sakta tar de sig uppåt. Deras mål var en lägenhet på översta våningen. Båda två var klädda i samma typ av overaller som poliser använder när de undersöker brottsplatser, komplett med huva, handskar och munskydd. När de kommer till översta våningen går de sakta längst korridoren noga med att inte röra någonting. När de kommer fram till dörren, öppnar Abe den sakta och Johnny kliver in. Lägenheten skulle enligt underrättelserna vara tom, men underrättelser hade en skrämmande förmåga att inte alltid stämma.

"Clear!" Säger Johnny så tyst han kan, men tillräckligt högt för att Abe ska höra honom där han står i korridoren.

Abe kliver in i lägenheten. Det ser ut som om någon bor här. Förhoppningsvis så skulle denna någon inte komma hem inom det närmaste. För det skulle ställa till det.

"Help me move this table." Säger han till Johnny och tillsammans flyttar de bordet. "Okay, tell the others do bring the bodies up."

Medan Johnny lämnar lägenheten för att hämta de andra, så går Abe fram till ett av fönstrena och kollar försiktigt ut. Perfekt, han såg hela gatan härifrån. Den biten av underrättelserna hade iallafall varit korrekt. Han tar fram en sugkopp och sätter fast den på en av rutorna. Han tar har fram en glasskärare och skär ut ett stort hål i rutan. Efter att ha ställt ner glasbiten på golvet, stoppar han undan både sugkoppen och glasskäraren i väskan. Abe tar av vapenväskan han bär på ryggen och plockar fram det Rysktillverkade prickskyttegeväret av modell Dragunov SVD som ligger där i, och ställer upp den på bordet. Efter att ha flyttat en av stolarna bort till bordet så sätter han sig ner och hinner precis sätta göra justeringar på gevärets placering innan Johnny, Parnell och Strotchin kommer in genom dörren. Johnny och

Parnell bär på varsin liksäck. Strotchin bär på en stor bag.

"Okay, set them up." Säger Abe och återgår till Dragunoven, när han är nöjd med placeringen så ställer han sig upp och går runt bordet. Han skruvar på en ljuddämpare på geväret och sedan tittar han ut genom fönstret. Abe står och tittar ut genom fönstret i några sekunder innan han går tillbaka till bordet. Innan han sätter sig ner bakom geväret så ställer han ner en radio bredvid geväret och skruvar upp volymen.

Parnell och Johnny placerar det ena liket på golvet bredvid bordet. Det andra liket placerar de på en stol vid ett bord en bit bort. På det bordet lägger de 2 färdiga bombvästar och en som är under konstruktion. De placerar ut en massa foton på offret och annat i rummet för att få det att se ut som om det är en grupp med terrorister som har använt lägenheten för att planera dådet, och andra dåd.

"Okay, so this is how this works." Säger Johnny. "We blow this rig." Han pekar på den halvfärdiga som ligger på bordet. "That will pretty much wreck this part of the apartment, but hopefully leave enough to make it look good."

"What about the Bodies?" Frågar Strotchin.

"This poor guy will be mangled by the ball bearings and shit in this thing. That guy will be pretty fucked up as well but in much better nick. It will look like one of the bombs exploded while they were building them." Johnny tittar på Abe som bara nickar till svar.

"Who is this target, and why all this?" Säger Strotchin och visar med en blick på de döda kropparna som de burit upp och allt annat.

"The target is some rich British Lawyer, who seems to have pissed off the wrong people. And somehow, someone thought his death could be used to get more money for private security." Johnny tittar på Strotchin. "But it needs to look like the Mudjh did it, hence all this."

"So this is a Bank job?" Strochin ler.

"Yeah. You can say that." Svarar Johnny med ett leende.

De 4a männen väntar stilla i lägenheten, det var alltid den värsta delen av denna typen av uppdrag, väntandet.

Radion sprakar till.
"Get ready the convoy is leaving." Hörs Jamersons röst.

Abe sätter sig på stolen och gör sig redo. Han höjer Dragunovens stock mot axeln och börjar andas lugnt, han blundar några sekunder. När han öppnar ögonen så är han i zonen, allt är klarare och han ser allt tydligare.

"The convoy is coming round the corner." Kommer Jamersons röst över radion igen.

Abe ser de tre bilarna i konvojen svänga in på den långa raka gatan nedanför. Om allt hade gått som de skulle så skulle en logistisk miss innebära att klientens bil var en vanlig bil och inte förstärkt. Han flyttar hårkorset i siktet till mannens bröst.

"Now!" Säger han, och sekunden senare avfyrar han skottet. Han ser hur det slår igenom rutan och träffar mannen i bröstet. Sekunden efter det exploderar tre bomber som gruppen hade placerat ut i vägen, en av dem exploderar under klientens bil. Om han utav något mirakel överlevde skottet så avslutade bomben garanterat precis jobbet.

Abe reser sig från stolen. Parnell och Strotchin lyfter det ena liket och sätter det på stolen som Abe satt i. Abe hjälper dem att placera kroppen så det ser ut som om han var skytten. Johnny gör något borta vid bordet och nickar sedan mot de andra.

De 4 männen samlar ihop sina saker och lämnar försiktigt lägenheten. De smyger ner för trapperna mot botten våningen. De hör ljudet från rusande bilar på gatan utanför, men huset låg nästan 700 meter från smällen så de borde ha gott om tid att ta sig ut innan det kom någon för att söka igenom just detta huset. Iallafall innan de sprängde bomberna i lägenheten. När de kommer till bottenvåningen, stannar de och efter att ha gjort sig säkra att de är ensamma byter de om till vanliga civila kläder, nu var de bara 4 vanliga invånare.. De kliver ut på gatan samtidigt som en sliten minibus stannar utanför. Bakdörren öppnas och Jamerson tittar på dem med ett roat leende.

"Get in!" Säger han och flyttar sig så att de kan hoppa in. Abe, Parnell och de andra hoppar in i skåpbilen, och Strotchin stänger dörren bakom sig. De står still i några sekunder innan den sakta börjar rulla. Den fortsätter längst gatan och svänger sedan av mot den stora motorvägen som går runt staden.

Några minuter senare så exploderar bombvästen. Explosionen får de flesta rutorna i de närliggande husen att gå sönder, och eldslågor står ut genom lägenhetens fönster.

Skåpbilen fortsätter längst med motorvägen. Noga med att inte göra något för att sticka ut. Som tur var så är explosioner och skjutningar inget ovanligt i Bagdad så där är inga stora störningar i trafiken och inga vägspärrar att bry sig om. De svänger av från vägen och parkerar bilen i ett skjul efter att ha kört ytterligare några minuter.

Männen kliver ut. Två Irakiska män kommer dem till mötes. Båda bär vars två stora väskor som de lämnar över till Jamerson och Parnell i utbyte mot nycklarna till skåpbilen. Utan att säga något så kliver de in i skåpbilen och kör därifrån.

Jamerson slänger ner väskorna på marken och öppnar den ena av dem. Han lyfter ut påsarna som ligger i och slänger en av var till de andra. Sen öppnar han den andra och gör samma sak.

"Get changed, I wanna leave in 7 minutes." Säger Jamerson och tittar på dem.

Parnell öppnar den ena av väskorna han fick och lyfter ut de vapen som ligger där i. Han går igenom ett och ett och lägger sedan ner dem på marken.

Abe öppnar påsen han fick och tar ut kläderna. Han byter om så snabbt han kan sedan öppnar han den andra väska som Parnell hade fått. I den ligger flera stridsvästar. Abe lyfter ut en av dem och sätter på den. Han tar upp ett av av gevären som Parnell hade kollat och några magasin som han stoppar i några av fickorna på västen. Alla de andra gör samma sak.

När alla är klara går de ut genom bakdörren, där står en silverfärgad Land rover parkerad.

Jamerson kliver in i förarsätet och när alla är inne kör han iväg.

Efter ca 45 minuters körning, så svänger bilen in på en av de många små vägarna in på Bagdads internationella flygplats. De stannar vid vägspärren, vakten kollar deras papper och släpper sedan in dem. Bara en grupp med privata säkerhetsvakter, och dem fanns det gott om i staden. Så vakten hade glömt dem långt innan bommen hade gått ner bakom dem.

De kör längst kanten på flygplatsen tills de kommer till en ensam hangar. Jamerson parkerar bilen och tillsammans med de andra går in i hangaren där ett flygplan står och väntar på dem.

"Everything ready, Xavier?" Frågar Jamerson mannen som kommer ut klivande ur planet.

"Yepp. We have clearance to take off in 10 minutes, so you made it just in time." Svarar Xavier med ett brett leende.

Alla kliver ombord på planet som strax efter börjar rulla ut från hangaren ut på Taxi Vägarna mot startbanan. 10 minuter senare gasar det längst startbanan och lyfter sedan kraftigt och stiger snabbt. På samma sätt som alla andra plan som lyfte härifrån gjorde.

"Damn it! Take off is almost as bad as landing!" Säger Parnell och håller sig fast i bänken.

"I thought you were an Airborne Ranger?" Skrockar Strochin.

"I was!" Säger Parnell. "Emphasis on was!" Han ger Strotchin ett leende.

Resan fortsätter under tystnad.
Jamerson kommer efter en stund fram och sätter sig mittemot Abe.
"The Colonel wants to talk to you." Han räcker över en satellittelefon till Abe.

Abe tar emot telefonen och reser sig och går bakåt i planet så han kan tala ostört.

"Yes Sir, Colonel?" Säger han när han sätter telefonen mot örat.

"Abe, how did it go?" Säger Översten.

"Everything went perfect Sir. Target is dead. And we got away without any trouble." Abe sätter sig mot några lådor som står längst bak i planet.

"How do you feel?" Abe blinkar till, han var inte beredd på den frågan från Översten.

"I feel... content." Abe ler lite för sig själv, skulle ha vara helt ärligt så kände han sig lycklig.

"Good. Now that son of a bitch can't harm our family again."